Антология современной

русской экологической литературы

俄 罗 斯 当 代 生 态 文 学 作 品 集

Михаил Михайлович Пришвин

米哈伊尔·米哈伊洛维奇·普里什文

作者简介

米哈伊尔·米哈伊洛维奇·普里什文是俄罗斯著名的散文作家。他于1873年生于俄罗斯奥廖尔省叶列茨县一个破败的商人家庭。从商人出身的父亲那里，普里什文继承了梦幻和诗意的天性。他的母亲属于伊格纳托夫商人家庭的旧教派信徒，普里什文毕生的事业与生活都受到母亲深深的影响。普里什文在叶列茨男子中学学习时，因与地理老师瓦西里·瓦西里耶维奇·罗扎诺夫（后来成为著名的哲学家和作家）发生冲突而被学校开除。他把对马克思主义产生兴趣（19世纪90年代中期至20世纪初）看作自己生命中的一个“决定性时刻”。后来他因为为马克思主义小组工作而被捕，并被单独监禁在米塔瓦监狱。

普里什文在德国莱比锡大学哲学学院哲学系的农学部学习时熟悉了欧洲文化，尤其是德国文化，并痴迷于歌德、瓦格纳和尼采。普里什文把1902年在巴黎与瓦尔瓦拉·彼得罗夫娜·伊兹马尔科娃的相遇，以及对她的爱看作自己生命中的另一个“决定性时刻”。随后，这些“决定性时刻”成为普里什文创作的自传体小说《恶老头的锁链》的情节基础。

1902—1905年，普里什文当了一名农艺师，写了一些关于农业的书籍。1905年他开始从事新闻工作，这直接促成他散文诗学的形成和随笔集《节外生枝》的诞生。他于1904年抵达圣彼得堡，成为圣彼得堡作家的“精神家园”。在此期间，他与马克西姆·高尔基、德米特里·谢尔盖耶维奇·梅列日科夫斯基、亚历山大·亚历山德罗维奇·勃洛克等作家关系密切。

普里什文把北方称为他诗意的故乡。他在创作生涯一开始就萌生了去北方大地旅行的想法。1906 年夏天，正如普里什文自己后来所说的那样，“放弃了自己的仕途，身无分文，带着一支廉价的枪，徒步北上，记录民间故事和传说”。然后他在维戈夫地区（卡累利阿）待了几个月。普里什文第一次去北方旅行时记录的 38 篇民间故事被收录在翁丘科夫整理的《北方童话集》中。根据这次旅行的印象，普里什文创作了一本散文集《飞鸟不惊的地方》，他认为这是自己真正的第一部文学作品。凭借这部作品，普里什文被授予俄罗斯皇家地理学会的银质奖章。

1907 年，普里什文代表地理学会再次奔赴北方。“抛开一切，我再次前往……飞鸟不惊之地，记录童话故事。”他回忆道：“1907 年 5 月中旬，我沿着苏霍纳河和北德维纳河前往阿尔汉格尔斯克——这就是我穿越北方的开始。一部分路程步行，一部分路程坐木船划行，一部分路程坐轮船航行，我绕着白海沿岸转了一圈，到达坎达拉克沙。”然后普里什文穿过科拉半岛，访问了索洛维茨基群岛和西摩尔曼斯克群岛，并于 7 月初乘船返回阿尔汉格尔斯克。“在阿尔汉格尔斯克，”他写道，“我遇到了一位水手，他的故事让我着迷，我和他一起乘渔船横渡北冰洋。我和他一起乘渔船在卡宁角外游荡了两个星期，然后到达摩尔曼斯克。在这里，我在一个钓鱼营地安顿下来，开始在海洋中捕鱼。最后，我乘坐轮船从这里出发前往挪威，然后绕过斯堪的纳维亚半岛回家。”

普里什文访问了包括索洛维茨基在内的许多北方地区的修道院，在那里，他与朝圣者一起乘坐敞篷船航行。这段旅程激发了普里什文创作《跟随神奇的小圆面包》一书的灵感。在书中，普里什文生动地描绘了北方的自然风光。“在大自然中，没有任何地方像北方那样美丽。”普里什文也被强壮、勇敢、思想纯洁的劳动者征服了，他在关于北方的随笔中塑造了他们的形象。

在重读了许多关于森林的书籍后，普里什文梦想能看到一片没有被斧头砍伐过的纯净森林，在他心里称之为“贝林杰耶夫密林”。1935 年 5 月至 6 月，普里什文和他的儿子彼得·普里什文前往皮涅加地区寻找“贝林杰耶夫密林”，这次旅程持续了 19 天。普里什文说：“我无比渴望呼吸那种没有农奴制的残酷、只有人民生活的气息。在那里，在针叶林的荒野中，可能还保存着俄罗斯普通民众过去英雄时代的传说。”

在 62 岁的年纪，普里什文乘火车从莫斯科前往沃洛格达，然后乘轮船沿着沃洛格达河、苏霍纳河和北德维纳河到达上托伊马。在去苏霍纳河流域旅行期间，一位同伴向他讲述了一片有三百多年树龄的松树生长的神奇的森林，这进一步激发了普里什文寻找“贝林杰耶夫密林”的渴望。

随后，普里什文骑马克服了从上托伊马到皮涅加附近村庄这段路途的艰辛。在那里，他乘划艇沿着皮涅加河下到伊列沙河河口，然后乘一艘白杨木船沿着伊列沙河到达其支流科达河，再沿着科达河到达其上游。从这里出发，普里什文在向导的带领下步行穿过茂密的森林，找到了“贝林杰耶夫密林”——一片未被斧头砍伐过的森林。回到伊列沙河河口后，普里什文沿着皮涅加河来到皮涅加地区行政中心休息了两天，然后乘轮船前往阿尔汉格尔斯克。

得益于这次旅行，普里什文的笔下诞生了随笔集《贝林杰耶夫密林》（《北方森林》）和童话小说《造船木材林》。普里什文晚年一直在创作和修改这部《造船木材林》，直到1953年12月，也就是他去世前一个月完成了这部小说。“那里的森林里有三百多年树龄的松树，树木一棵挨着另一棵，根本砍不倒！如果一棵树被砍断了，它就会靠在另一棵树上，而不会倒下。世界上居然有那么笔直、那么纯净的树木！”这就是普里什文笔下的那片神奇的森林。

《贝林杰耶夫密林》中的许多文章标题与皮涅加地区的地理名称相对应，如“伊列沙河”“拉维拉”“亚夫左拉”等。

普里什文的向导亚历山大·古宾的性格特征,在他的童话小说《船木松林》中以英雄马努伊拉的形象体现出来。多年后，亚历山大·古宾回忆普里什文时说：“他是一个什么都要问清楚的老人——他欣赏所有的树木，他数树木的年轮。他会戴上放大镜，把森林里的一切都看得很清楚！我那时候是个年轻人，我听他的。现在没有这种人了！”

普里什文一生游历颇丰，但北方就像他的初恋一样，从未离开。他的作品的主题是人与自然的和谐相处，主要描写自然界的生活，歌唱与大自然紧密联系的人的创造性劳动。在长达半个世纪的文学创作中，普里什文虽亲历俄罗斯文学发展历程中批判现实主义的衰落、现代主义的崛起和社会主义现实主义的繁盛，却始终保持了个性化的艺术追求。他的创作不仅拓宽了俄罗斯现代散文的主题范围，而且为其奠定了一种原初意义上的风貌，他也由此被称为世界文学史上最具代表性的“大自然诗人与文人”。

米哈伊尔·米哈伊洛维奇·普里什文于1954年1月16日在莫斯科去世。

『灰猫头鹰』和海狸的故事

[俄] 米哈伊尔·米哈伊洛维奇·普里什文 著
王金玲 主编　夏宏芳 译

西苑出版社
XIYUAN PUBLISHING HOUSE
·北京·

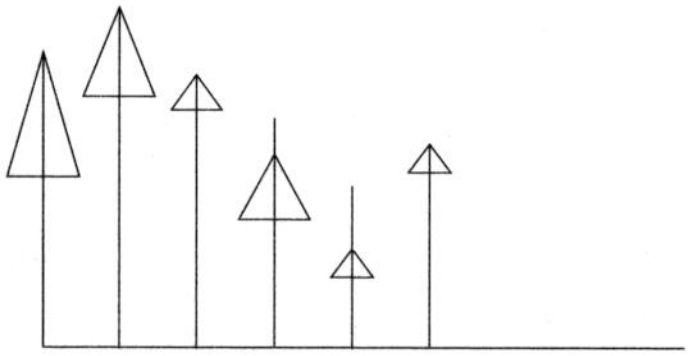

如果正确地生活，

森林和人类都会善始善终。

目 录

第一章 寻找“鸟兽不惊的王国”

I· “灰猫头鹰”是谁 002
II· 寻找幸福 005
III· “灰猫头鹰”的婚礼 011
IV· 转变 016
V· 猎捕海狸 019
VI· 孤儿 023
VII· 养子养女 027
VIII· 动物世界的孩子们 034
IX· 为什么要“勒紧裤腰带” 041
X· 大卫·白石 047
XI· 乔·艾萨克 051
XII· 千里迢迢 056
XIII· 世外小城 061
XIV· 灵丹妙药 067
XV· 冷水浴 072
XVI· “愉快的工作” 078
XVII· 幸运的发现 080
XVIII· 穿越深渊 083
XIX· “灰猫头鹰”的旗帜 088

XX· 麦金蒂和麦金尼斯 096
XXI· “灰猫头鹰”的作家之路 108
XXII· 幸福 123
XXIII· 犬牙法则 125
XXIV· 最后的叫声 129

第二章 海狸家族的“女王”

I· 金矿 138
II· 与“女王”相依为伴的冬天 150
III· 咬文嚼字 168
IV· “女王”出逃 176
V· 罗乌海德的到来 180
VI· 一位白发绅士 186
VII· 麝鼠之谜 191
VIII· 大卫的故事 193
IX· 我的时机到了 195
X· 唤醒冬眠的海狸 199
XI· “鸟兽不惊的王国” 203

编后记 愿你我在森林中相逢 211

第一章

寻找“鸟兽不惊的王国”

1. “灰猫头鹰”是谁

我对“灰猫头鹰”的了解源于一本书，这本书完全取材于他的人生经历，书中记录了这个北美印第安人中最负盛名的好战部落后裔的传奇故事。

我在孩提时候曾经努力试图逃到印第安人那里，可惜没有成功，也就没有和印第安人有过交集。但是现在，我感到莫大的幸福！我的书将我小时候试图投奔的印第安人直接带入了我的房间。当我收到英文版的这本书后，我逐词逐句地把它译成了俄语，但是这种翻译，就像绝大多数译文一样，并不能全盘表达作者本人的思想。在我看来，最好是能用我自己的语言更加流畅地向俄罗斯的读者介绍“灰猫头鹰”的生活和他在寻找“鸟兽不惊的王国”时的惊险故事。

这本书中，我最喜欢作者在讲述自己的故事时流露出的真情实感和对动物特征的真实描绘。“灰猫头鹰”关于海狸生活的讲述似乎有两个人物，或者说包含两个主人公：一个是海狸，没有被驯化的动物；另一个是动物守护者，即“灰猫头鹰”本人。我一直认为将人与动物置于并列关系是描述动物的正确方法，并且我也一直在使用这种方法。但是“灰猫头鹰”根本没考虑过使用什么艺术手法，他只是写出了自己作为一个加拿大海狸猎人的真实的生活经历。他首先描写了投机倒把导致的加拿大森林资源的枯竭；其次是残害海狸这种对印第安人来说无比神圣的动物；到最后演变成人们对海狸的有意识保护和繁衍。

作者在描述海狸生活的同时，也将他自己的生活经历一幕幕地展现在我们面前：他当过搬运工、船夫和皮毛狩猎者，最后成了加拿大自然保护区的一位杰出员工和著名的动物文学作家。他的作品被译成多种语言，畅销全球很多国家。

作为一个俄罗斯读者，印第安猎人对狩猎的狂热态度尤其让我感同身受，这是一种无法抑制的渴望，它促使人们去发现并体验印第安人口中所说的“大山深处”，或者我们所说的“蓝色海岸尽头”的秘密。年少时，我也曾有过这样的冲动，那时的中学生在古斯塔夫·艾玛德[1]小说的影响下，都试图逃离学校到印第安人生活的地方去探险。

我认为自己想从学校逃跑的念头决定了我一生的经历——我一直在游荡，喜好狩猎和写作。基于这种思想和情感基础，我们那里产生了许多杰出的学者，只说出普里热瓦尔斯基[2]一位就足以让人震惊了。

我曾多次尝试着讲述我想去“鸟兽不惊的王国”里漫游的理想。而现在，一个来自那个我从小就心驰神往的动物王国的印第安

1 古斯塔夫·艾玛德（1818—1883），法国作家、冒险小说作家。——译者注

2 尼科莱·米哈伊洛维奇·普里热瓦尔斯基（1839—1888），19世纪俄罗斯最著名的探险家和旅行家。——译者注

人，著名的好战部落的后裔，写出了自己在那里的经历。这个印第安人因其习惯于夜间活动的生活方式，被同部落里的人昵称为“灰猫头鹰”[1]。他不是一个纯种的印第安人，而是一个在加拿大当小职员的英国人的儿子。他的英国父亲娶了一个血统纯正的易洛魁族女孩，因为切身体会到白种人直到现在仍始终坚持用不公的态度对待棕色人种而离了职，如此一来，他们家的生活变得拮据起来。

英国小职员的儿子“灰猫头鹰”完全学会并适应了部落里印第安猎人的森林生活方式，他在森林中设置陷阱捕猎皮毛动物，当过搬运工、船夫和皮毛狩猎者。战争期间，他应征入伍，在欧洲军队里当过狙击手，见识过“白人的世界”，他甚至两次受伤，最后回到了他的加拿大森林，继续以捕猎皮毛动物为生。所谓的欧洲文明“奖励”给这个年轻人的是创伤，可是回到心爱的北方森林，他又遭受了一次重击。他看到了满眼的荒芜：森林被砍伐，野兽被灭绝。身处此境，有人可能会陷入绝望，但是这位猎人坚信，在崇山深处的某个地方，一定会有一个幸福的王国，那里一定会有未被开采过的原始森林，一定会有各种野兽和鸟类居住。这种信念让年轻人又重新燃起了斗志。

本书的开篇就是写他划着自己的独木舟，出发去寻找数千英里[2]之外的那片人间净土。

---

1 “灰猫头鹰”在此处的意思为喜欢在夜间狩猎的人。——译者注

2 英里，英制旧长度单位，1 英里约等于 1.609 千米。为保留原书表述风格和整体体例，本书沿用此单位用法。——译者注

II. 寻找幸福

“灰猫头鹰”的旅程从加拿大北部的一个小镇开始。还是在很久以前，“灰猫头鹰”就在那里卖过自己在周边森林里捕获的动物皮毛。

实际上，整个小镇是由哈德逊湾公司开办的唯一一个小商店和一个锯木厂组成，山坡上凌乱地分布着大约五十座房屋，一旁还有一个印第安营地。在这个叫比斯科的小镇，既没有普通的城市街道，也没有房前围起来的私人花园。尽管如此，比斯科还是一个相当著名的小镇，因为它处在多条河流交汇的中心位置，这些河流中叫得出名字的至少有西班牙河、白河、密西沙加河和马塔夫加米河。

从小镇向外延伸出许多条路：有的向南，通往休伦湖及其上游；有的向北，直到北冰洋。当地的船夫和向导远近闻名。就在不久前，安大略省的阿尔加马地区还被认为是加拿大北部最富有的皮毛盛产地。但是，在所谓的“流浪皮毛猎人”或被简单地称为“牟取暴利的掠夺者”大量涌入这个最富有的边疆地区后，这片土地开始变得荒芜，动物几乎完全从这里消失了。当然，这个比斯科小镇也跟着衰败了。但无论如何，这个小镇在某种程度上可谓是我们的主人公“灰猫头鹰”的家乡，尽管他一生的大部分时间都是在广阔的森林中度过的，那里有深入密林数百英里远的数条水路。

“灰猫头鹰”一年两次划着轻便的独木舟从树木和河流交错的密林深处来到比斯科小镇，在那里卖掉皮毛，采购食物，然后再回到他热爱的森林里。而现在，这一切都结束了。再见了，白人朋友！再见了，红皮肤的朋友！“灰猫头鹰”要远离这里了，他要前往鸟类和野兽不被惊扰的王国了！

那天，“灰猫头鹰”心情异常沉重，尽管这一天离开家乡的不止他一个人，还有很多猎人都告别了这片被洗劫一空的地方。“灰猫头鹰”伤感更多的是因为没有找到与他一起前往理想王国的同行者——其他人都奔向了密西沙加，都奔往密西沙加的云杉岩和枫树岭的方向去了。在一个春天的傍晚，“灰猫头鹰”独自一人心情惆怅地离开了他的故乡小镇。桨一下一下地划动着水面，轻快的独木舟带着他越行越远，驶向未知的幸福。

伴随着船桨均匀美妙的划水声，他行进了大约十九公里，来到了第一个连水陆路口——地面托运通道。六公里半的步道是一个标准距离，但是如果要考虑到行李和独木舟都必须由人拖曳着走，那么，这可是一个不短的距离。好在脚下的地面还比较平坦，被满月照得通亮。对经受过森林中的艰苦生活锻炼的印第安人来说，这条路不足为惧——相反，路上的辛苦驱走了他脑子里沮丧的想法。东西不可能一次性都带走，“灰猫头鹰”只能先走一趟，再返回来取剩下的另一半东西。结果，本来六公里半的步行通道因为他负重走了十三公里，外加空手走的六公里半，一共走了十九公里半。也许正是这样的劳累才会驱散人们脑海里那些多余的想法！日出后不久，他终于完成了这项艰辛的任务，从地面托运通道里走了出来，这个寻找幸福的人一直睡到中午，然后才继续划着独木舟前进。

向往的净土遥不可及，而周围的一切又是那么熟悉。这里曾经是被他走遍了的富饶的狩猎场，而现在映入眼帘的却是令人伤感不悦的景象：一场森林大火席卷了整个地区，片片荒野上只剩下裸露的岩石和烧焦的树干。“灰猫头鹰”匆匆逃离这里，加快了向前划行的速度，奔向东北方向。他要到魁北克北部的阿比蒂比地区[1]。传闻说，那里人烟稀少，奥杰布瓦部落的印第安人很少在那里定居。

为了寻找皮毛动物，“灰猫头鹰”走过了太多的地方！通往梦想之地的大部分道路都被人践踏过，且如今几乎无法辨认。被森林大火舔舐过的地方满目疮痍，到处都铺设着铁轨。“灰猫头鹰”甚至不忍去看那些受苦的人：他们是当地的伐木工人，每个人都肮脏不堪、蓬头垢面，无精打采地低着头。这些人在他们的“石头院子”里过着穷苦、毫无指望的生活。每年辛辛苦苦地工作，到头来却两手空空。这里竟然发生了如此不可思议的变化！“灰猫头鹰”感到自己的焦虑直抵灵魂深处，他不由自主地问自己：“接下来还会发生什么？”未来将会面临越来越多新的失望——是的，通往“鸟兽不惊的王国”的道路将会充满荆棘和坎坷！

1　加拿大魁北克北部的一个地区。——译者注

终于到了曾经非常熟悉的马塔夫加米古堡。现在，古堡已经完全被水淹没，剩下的只是一个小型传教士教堂立在几乎被水淹没的山丘最高处。“灰猫头鹰”把独木舟划到教堂门廊的台阶前，坐下来吃午饭。另一边隐约可见一个贸易站，这是一个冰冷又令人不快的建筑。吃过午饭后，“灰猫头鹰”从与贸易站相隔至少八百米的地方绕了过去。途中偶尔会遇到熟人，他们向“灰猫头鹰”讲述了他从前的那些朋友和猎友的一些非常悲惨的经历。

其中一位是来自被淹没的马塔夫加米古堡的老磨坊主。这位老人在失去磨坊后，再也无法振作起来，只得靠着哈德逊湾公司支付的房租勉强度日。他一直为自己的磨坊感到惋惜，并且一直陷在痛苦中无法自拔……还有一些老朋友、老猎友、船夫、搬运工和被称作“印第安飞行邮差”的向导——他们现在的境遇都很糟糕！来自埃利博根湖的马克·劳德的命运更是悲惨：他在划船时弄伤了大腿，最后因为得了坏疽病不得不锯掉那条伤腿。没人能安慰得了他，他满怀怨恨地在咒骂声中死去了。还有一位来自蒙特利尔河的著名的老猎人——几乎是整个印第安王国象征的老约翰·布法罗也去世了。

他的所有朋友几乎都发生了不幸：一个因为坏疽病，另一个因为麻风病被赶出森林，两个人都被迫在小镇里穷苦地度过余生。真是难以想象他们离开森林的生活！像安迪·卢克这样能背着四百磅重物健步如飞的伟大的猎人，竟然被迫在铁路上干起了临时工！伟大的亚历克·兰格文，这个滑着雪橇能跑百八十公里的人竟然毫无用武之地，现在被迫去魁北克干起了捕貂的事。“灰猫头鹰”遇到过他，当时他正一无所获两手空空地走在回家的路上。还有一个叫托米·萨维尔的白皮肤的印第安人，他在很小的时候被奥杰布瓦部落的一家人收养，后来在“淘金热”盛行期间发了财，就在这里定了居。现在，他住在城里的某个地方，由于时刻渴望着自由的森林生活而不能如愿，所以精神上饱受折磨。据说，有时他太想念森林，就到房子的地下室用木板条点起篝火，为自己煮茶，然后在石头地下室里感受从前在森林里狩猎的美好。当然，所有这些事情都意味着森林里自由生活的破灭，现在只留下一个梦想。这个梦想不在这里，而是在一个遥远的地方，那里有“鸟兽不惊的王国”，那里仍然保持着原始的样子。

再往前走，情况也没有好转的迹象：即使在曾经最富裕的地方，如夏宁特里和加瓦甘达，也是这般境况。从前，这些地区还没有被铁路横穿竖贯，资本主义的发展还没有将所有人都混成一团，这里的人们还保持着良好的丛林地区特有的百折不挠的精神。没有任何一种力量能熄灭这些人心中想要过上美好生活的希望之火，他们坚信最富的金矿迟早会被他们找到。现在，加瓦甘达湖附近的整个地区都被烧毁了，曾经拥有茂密森林的地方只剩下突兀、裸露的岩石。

就这样，一天又一天过去了，“灰猫头鹰”划着自己的独木舟不断向前行进，不多不少，正好行驶了六百公里，到达了沿着铁路而建起的一座城市——安大略省的特米斯卡明。他以前来过这里，当时这里只有一个边防哨所。那时，还没有铁路通过，在这块未被开发的土地上，形形色色的体育运动爱好者通过狩猎释放自己渴望冒险的激情。当年，“灰猫头鹰”和像他一样的印第安人充当了这些人的向导。每到冬天来临时，闲下来的向导们就会愉快地回忆起夏天的种种冒险经历，彼此展示着“雇主”们寄来的表达友谊的信件。

这不过就是发生在十五年前的事。在这十五年间，边防哨所变成了游客云集的热闹旅馆，外加一条延伸过来的公路。在这个旅馆里，正好赶在“灰猫头鹰”到来之前，一个从纽约来的旅游团正在寻找向导。“灰猫头鹰”应下了这份差事。旅游团的成员都是一些开朗的人，他们之间相处得就像朋友——美国人在度假时都是这种状态。但是现在，他们和向导之间说话的语气已经有些虚假了。以前，向导是旅游者的同志和同伴，而现在，向导是仆人，是低人一等的乞食者，甚至荒唐到给这些雇主先生提供服务时必须戴着白手套的程度！那些按照传统生活的人，看到这些新规矩也只是摇摇头，然后自己也像其他人一样照做了。但是谁又能有什么办法呢？如果森林里再也没有了皮毛动物，人总得想办法活下去呀！“灰猫头鹰”不屑于这些新规矩，他把邮寄到这里的东西重新打包后又寄到了下一个地方——寄往四百九十公里之外自己要前往的地方。他在这里补充了食物后，带着极大的失望和愤慨，划着自己的独木舟继续前行了。以往的森林狩猎已是回忆，现在，他连周围的树木都不想再多看一眼。

III. “灰猫头鹰”的婚礼

原始森林正在向后退缩。要赶上它！“灰猫头鹰”把东西从一个地方寄到下一个地方，在比较大的小镇中进行补给，现在他真的离家越来越远。只有到了秋天他才停止前进，找合适的地方设陷阱捕猎。就这样过去了整整两年的时间，“灰猫头鹰”划着独木舟走了 3230 公里。由于前进的道路经常被溪流阻断，旅途变得越来越艰难。“灰猫头鹰”要不断搬运东西和独木舟，把它们从一条水道拖到另一条水道。搬运东西已经把“灰猫头鹰”累得筋疲力尽，然后还要遭受精神上的折磨：最后一段路要坐火车这件事令他感到很羞耻。

如果仅仅是身体疲劳，印第安人作为大森林的忠诚之子也宁肯走路，而不太可能乘坐火车。事实上还有更重要的原因：“灰猫头鹰”必须与一个女孩通信。一年前，“灰猫头鹰”曾在一个度假小镇当向导，那里住着一个可爱、能干、受过一些教育、比较有文化的印第安易洛魁族女孩。她在族里的地位比“灰猫头鹰”高一阶，但是，就算如此，“灰猫头鹰”觉得没必要自暴自弃，于是，他对这个女孩展开了不懈地追求。

结果，事情进展顺利，没有任何的意外和插曲。长话短说，“灰猫头鹰”划着独木舟来到了一个有火车站的地方，按照事先的约定，他买了一张火车票寄给未婚妻，然后未婚妻就坐火车来了，并嫁给了他。这就是“灰猫头鹰”结婚的整个过程！

这对新婚夫妇在很多方面都与众不同：“灰猫头鹰”是在他的姑妈，一个英国女人身边长大的。那时，他除了对地理、历史和英语有点儿兴趣，在其他方面没有任何特殊才能。不过，“灰猫头鹰”的英语学得不错。但遗憾的是，从少年时期起，他就一直依靠自己在森林里狩猎的本事维持生计，大部分时间要么不说话，要么就是与一些完全不懂英语的人打交道。只是凭借出色的记忆力，以及对阅读的无比热爱，“灰猫头鹰”才勉强维持着童年时培养起来的对语言的兴趣。“灰猫头鹰”的英语就像新西装一样，只在节日盛典时才被穿上身，而且一穿上它整个人就感觉很别扭。

“灰猫头鹰”在与人交往时通常是这样，只要他稍一感到被冒犯，便马上保持沉默，把自己深深地藏起来，仿佛害怕失去人身自由一样。在服兵役时，“灰猫头鹰”性格中的这一特点更加凸显。他这种类型的人在小说中都很少遇到。当兵时，他既不想当军官，也没有任何晋升的欲望。他刚参军时是列兵，因为受伤，所以退役时还是列兵，就这样，他没有任何“进步”地回到了家乡的森林。当过狙击手的经历也无法改变他对白人先生的成见，对他们完全没有好印象。相反，作为印第安人，他反而更加坚信，资本主义文明无法给人们带来任何好处。事实就是这样，一个被压迫甚至被灭绝的种族的后裔在欧洲战争中能够得到什么？！尽管如此，千万不要将我们的“灰猫头鹰”看成真正的悲观主义者。任何困难都无法让这个印第安人放弃狩猎的信念，他始终相信在大山深处的某个地方，有一个鸟类和野兽不被惊吓的森林王国。没有什么能阻止他去努力探索并亲眼看到山外那个特别的新世界。“灰猫头鹰”的妻子叫格尔特鲁达，印第安名字叫阿纳哈雷奥（意为“小马”）。她虽然没有受过良好的教育，但内心非常高尚。她出身于易洛魁族首领之家，她的父亲属于创造渥太华历史的那类大人物。

阿纳哈雷奥来自一个骄傲的种族，在人群中她总是表现得优雅得体。她还是一个优秀的舞者，经常穿着漂亮的衣裙。为了追求这样的女孩，“灰猫头鹰”打起了万分精神，他把一头黑发编成了长辫子，鹿皮裤上垂着长长的流苏，一条围巾像小尾巴一样挂在身后，胸前衣服上左右两边整齐地别着两排英式别针。“灰猫头鹰”之所以用别针做装饰，是因为这种别针在当时非常实用：白天可以作为装饰，晚上可以用它们悬挂或晾干衣服。“灰猫头鹰”除了有帅气的外表，还有许多根深蒂固的、非贵族式的习惯。在水上划船时，他一句话都不说，上岸后或在森林中的小路行走时，他习惯紧跟在别人后面，因此，即使在宽阔的街道上，如果有人走在他的旁边，他也会不经意地碰到或挤到别人。

两个年轻人在森林里度过了一个月的狩猎生活，这一个月充满了美好而丰富的冒险经历。很快，在森林里打猎时，阿纳哈雷奥挥起斧头，一点儿也不比“灰猫头鹰”差。她搭的帐篷也像模像样。尽管当时人们仍然对穿着男式服装的女人存有偏见，但阿纳哈雷奥已经开始穿方便的男式裤子、高筒猎靴和暖和的麦基诺双层格子衬衫[1]了。举办婚礼前，“灰猫头鹰”给她买了几米斜纹布和其他一些布料，但是，当他看到阿纳哈雷奥打猎的样子后就后悔了，后悔没给她买斧头或猎枪。收到礼物后，阿纳哈雷奥把布铺开，拿出剪刀和铅笔，立刻开始剪裁起来。“灰猫头鹰”看着昂贵的布料被一点点毁掉，心疼极了。但是，没过多久，这堆可怜的碎布就神奇地变成了一条无可挑剔、体面优雅的马裤。

当然，在干男人的体力活时她还有许多不足，但是，在做衣服方面她确实是一把好手。她的嫁妆包括一大箱衣服、一袋内衣、一本名为《意志力》的厚书，以及五本读得残破不堪的小册子——欧文[2]的《见闻札记》，这些小册子是被当作家庭主妇指南意外带在身边的。此外，嫁妆里还有一顶质量上乘的毡帽，“灰猫头鹰”把它据为己有，一直小心地保留着，只在特殊场合才戴上。

正如上文所说，欧文的《见闻札记》是偶然得到的，这五本小册子原本属于阿纳哈雷奥的姐姐——姐姐的丈夫爱好写作。这对从林夫妇打算尽早物归原主，但苦于没有机会寄出这些小册子。下文中会讲到，这些小册子没有物归原主，对他们来说是一件好事。有时阿纳哈雷奥心里非常思念家乡，但脸上从未流露出忧伤的神

1 麦基诺衬衫是用毯子或呢子制成的保暖双排扣衬衫，衬衫名字的由来与密歇根州的麦基诺地名有关。——译者注

2 华盛顿·欧文（1783—1859），19 世纪美国最著名的作家，号称“美国文学之父”。——译者注

情。只有一次，她要求丈夫给她买一台收音机。但是，当时“灰猫头鹰”有一种偏见，他认为穿过大气层的电流会影响到天气。一想到蒙特利尔或洛杉矶的一个年轻人唱歌，会导致森林里一个努力干活的工人不能滑雪橇，他就感到浑身不自在。所以，“灰猫头鹰”总是巧妙地避开所有关于收音机的话题，不去想妻子的请求。取代收音机的是，他们始终保持着一种固定的娱乐方式——每天透过小屋里唯一的窗户看太阳下山——这时的景色总是最美的！

他们吃饭时有说有笑，每天日出之前起床，有时甚至在森林里过夜。他们像照顾纯种小跑马一样细心地养护雪橇、滑雪板和独木舟。因此，这个小女人经常错过愉快的午餐时间。渐渐地，她开始嫉妒“灰猫头鹰”对森林的热爱：“灰猫头鹰”总是不停地对她说，森林里的某个地方一定聚居着无数的林貂。他将所有的空闲时间都用在寻找这块野兽不被惊扰的自然保护区上，于是，阿纳哈雷奥开始憎恨这个“鸟兽不惊”的地方。可是“灰猫头鹰”沉浸在自己的幻想中，根本没有注意到她的变化。就这样，他们吃饭、睡觉，就连梦里梦到的也都是设陷阱和打猎这些事。到了晚上，他们趴在地图上研究新的路线，为新的远行做准备。工作占去了“灰猫头鹰”的所有时间，别的事情他根本无暇顾及。的确，狩猎是“灰猫头鹰”的精神寄托，像所有狂热的信徒一样，他渴望将自己的信仰强加给别人。

Ⅳ. 转变

紧张劳作的生活，还有长时间外出狩猎导致的家庭生活不和谐，已经到了无法通过私下和解来消除的程度！秋冬季来临之前，两个人一直在忙忙碌碌，赶着布陷阱，察看陷阱，人累得都快变成狗了。

然后，就在圣诞节前一天，在短暂的离别之后，“灰猫头鹰”回到家中，看到了他骄傲的印第安女人一副楚楚可怜的样子：阿纳哈雷奥躺在床上，衣衫不整，眼睛哭得红肿。她内心的真实感受开始一点一点地表露出来。起初，丈夫不明白究竟发生了什么。表面看起来一切都好！他从来都不是冷漠无礼、粗心的丈夫，他没有像印第安男人通常表现的那样无视妻子，甚至一次都没有过：他非常尊重和珍惜自己的妻子，甚至以她为傲！在她做出那么多巨大的牺牲后，如何不尊重、不欣赏这样的好女人呢？

“尊重？”“灰猫头鹰”听到妻子的回应，“对待死人才需要尊重！欣赏？这又是什么鬼话？你以为是欣赏戏剧表演吗？站在你面前的可是一个活生生的人！”

最后，阿纳哈雷奥无奈地说道：“我们过的是什么日子啊，就像被戴上套子的雪橇犬，拉着重物，不辨方向地向前跑，然后烧炉子，冷漠地吃着各自碗里的饭……”

“灰猫头鹰”讶异地听着女人痛苦地抱怨两人吃饭时不交流，没有仪式感，可这个女人曾经脸上带着微笑，露天淋着雨都能睡着。

“往前走，往前走又能怎样？在梦里都在苦思冥想着，在哪里设陷阱最好，设置的陷阱越多越好。打到猎物之后，我们还吹嘘自己比别人打得多！”

最后一条罪状让“灰猫头鹰”感到既伤心又愤怒。

“这我也有错？”他想，“我还不是为了生计，拼命赚钱？不这样又能怎么办？现在皮毛的价格一直下跌，我们只能杀死更多的动物卖钱，过日子……我哪儿错了？”

尽管“灰猫头鹰”给自己的解释完全合理，但他仍然感到妻子的抱怨中不时闪过某些道理……妻子的话触动了“灰猫头鹰”，他心绪烦乱，但一点儿也不生气。在妻子一股脑儿地说完心里的委屈后，他离开家，来到了心爱的小山坡上。他点起篝火，坐下抽烟，想着刚刚发生的一切，想着自己用惯用的那只手熟练地把皮毛从被杀死的林貂身上撕下。他沉浸在深深的冥想中，内心经历着复杂的思想斗争，经历着阿纳哈雷奥在此之前一个人感到孤独时曾经经历的斗争。他努力挣扎着一个人在这里完成心灵的洗礼。

突然，“灰猫头鹰”的内心像被闪电照亮了一样，他看到了自己在漂泊中不断养成的所有的自私自利，他意识到自己走的路多么狭窄。尊重，关注，钦佩！这些只是他真实感受中很微小的一部分，然后他吝啬地把这一点点交给了这个给了他一颗心的女人！意识到这一切，“灰猫头鹰”放下了一个男人所有的自信和自尊，滑着雪橇，沿着一条狭窄的小路飞快冲下山，直奔宿营地。他在心里默念着：“一切都还来得及！千万不要太迟！”

在这个重要的夜晚，“灰猫头鹰”第一次深刻地审视自己，他的精神世界开始缓缓地进入真实的、所有动物不被惊扰的乐土，进入人类自己亲手打造的王国，而不是那个他天真地幻想出来的地方。这个晚上，“灰猫头鹰”内心的转变改变了他之后的整个人生。

V. 猎捕海狸

千万不要以为海狸猎人的思想转变发生得太突然。俗话说，故事说起来快，可是事情做起来慢。是的，即使有时迫于环境压力，人的想法会突然发生改变，但这种改变通常不会持续很久。

不过，我们所说的这种情况下的思想转变是一个漫长的过程，它是各种精神状态交替的转换：从内心的自我反省到产生前进的冲动，返回初始状态后再次前进，最后实现一个新的突破。这样的转变需要人的高度自律，当然不能立即自行完成。而无论如何，在那个重要的夜晚，笼罩在“灰猫头鹰”家庭生活上空的恐怖乌云完全消散了。夫妇俩像以前一样努力地狩猎，但是，回到家后，他们就不再谈论任何与狩猎有关的事情。他们甚至开始追求起舒适的家庭生活，兴致勃勃地装饰自己的小屋，并谈论起以前从未提及的事情。虽然白天由于捕猎行程的变化，他们要分开去不同的方向，但是两个人都希望尽快重新会合。

有时，在滑雪途中两个人走了不同的路，之后，第一个滑到两个人必经之路的人就在雪地上写下顽皮的留言。一点一点地，阿纳哈雷奥又找回了幸福感，她变得像以前一样活泼、开朗。但是，对“灰猫头鹰”来说，他获得的人生教训并没有就此一掠而过，而是最终引发了最不可思议的后果。

阿纳哈雷奥感受到丈夫对自己态度上的转变，开始坚定地陪伴他，并参与所有的狩猎活动。尽管她去年冬天才刚刚开始真正的打猎生活，但是她很快就掌握了这项技能，学会了设置陷阱并对其进行追踪，阿纳哈雷奥甚至经常滑在“灰猫头鹰”前面带路。相比过去的狩猎伙伴，她给“灰猫头鹰”带来了更多的收益。但是，这个精明强干、经验丰富的女人无法做到对狩猎时发生在眼前的残忍景象视而不见。她看不了动物们临死前扭动身体、垂死挣扎的样子，无法直视死去的猎物抽搐成一团的场面，也忍受不了用斧头击打试图求生的动物，把满眼乞求的动物扼死，之后再为新的受害者设置陷阱等，诸如此类的事情都能唤起她深深的同情心。最糟糕的是，许多无辜的小鸟和松鼠无意中落入陷阱，通常在人们察看陷阱时，它们还活着，有的痛苦地厉声尖叫，有的虚弱地呻吟。奇怪的是，这些动物似乎能猜到阿纳哈雷奥心里的想法，在最后一刻挣扎求生时，总是乞求得到这个女人的怜悯。特别是有一次，一只奄奄一息的猞猁甚至爬到了阿纳哈雷奥的脚边。所有这些事让阿纳哈雷奥感到万分悲伤和痛苦。“灰猫头鹰”一次次地惊讶于这个血管里流淌着印第安人血液的女人不能适应人类为了生存而进行杀戮的事实。

像所有徜徉在寂静无声、广袤无垠的浩瀚林海中的流浪者一样，“灰猫头鹰”一直倾向于动物具有人的品性。因此，他的内心深处同样怀有对动物的某种怜悯心。但是，人类的怜悯并没有让动物们更容易生存。在极端情况下，在永远还不清的“皮毛工业家”

的债务前，人类又怎么能顾得上去怜悯动物？猎人唯一要提醒自己的是，不应该无故地虐待、杀死动物。而且，就算没有阿纳哈雷奥的影响，“灰猫头鹰”也始终遵守着加拿大猎人世代沿袭的道德准则，并且不会让多余的私心杂念困扰自己。但是，为了顾及阿纳哈雷奥的感受，他仿佛被迫从自己的躯壳中抽离出来，睁眼看这怪象丛生的世界，并且开始关注那些原本与他无关、只为追求利润而做的事情。

脑海中的这些新思想渐渐地开始让“灰猫头鹰”对自己的血腥狩猎感到反感。当然，不能说猎人的灵魂曾经是残忍的，“灰猫头鹰”的整个转变也不完全是在女人慈悲心的影响下发生的。此外，在过去思想还未开化的时候，“灰猫头鹰”曾认为无线电波会对气候产生不利影响。在对待动物的态度上，他也并非没有公正感——只是他还尚未意识到，并且他的这种公正感的表现形式很奇怪。在这方面，当然有印第安人的祖先——那些富于幻想的原始人类的影响。从祖先那里延续下来的规则已经深深地烙印在“灰猫头鹰”的心上，并且从青年时期起，他就已经开始不遗余力地执行。旁观者几乎不会认真对待这些仪式，但是，对“灰猫头鹰”来说，这些仪式意义重大。

他每杀死一头熊，都将其身体的某些部位（通常是头骨或肩胛骨）挂在熊经常出没之地的显著位置；把已经死去的海狸摆放端正，让它处在一个舒服的状态，并在旁边整齐地摆上砍下来的“手臂”、脚和尾巴。只要有机会，他都会把海狸的身体、“手臂”、脚和尾巴一起通过冰窟窿放入水中。通常这个冰窟窿是花费了很大力气才凿出来的。如果要吃海狸肉，那么，海狸的髌骨（对动物来说，髌骨是很不寻常的部位）要单独剔出来，并举行一定的仪式进行烧毁。不仅处在半文明状态的印第安人应该遵守所有这些仪式，就连文明程度相对较高的印第安人也应该严格遵守。如果有人问印第安人为什么举行这些仪式，得到的回答是："因为这些动物很像印第安人。"

在祖先留下的这些习俗中，"灰猫头鹰"还加上了自己的规则，并像遵循祖训一样严格地遵守。比如，在护送游客进入森林时，他从不允许游客拍摄受了伤、还未死亡的动物。同样地，如果受伤的动物被带回营地时还活着，就必须医治和照顾它，然后等伤好后再放它走。有一年春天，"灰猫头鹰"捉到了一只一个月大的小灰狼，把它带回了家。他细心地照顾小灰狼，希望把它养大，等它能够自己捕食时，再放归森林，还它自由。可是，小灰狼即使受到了最好的照顾，还是感到悲伤。它只有两种娱乐方式：要么咬床下的旧鹿皮鞋——这是唯一一种像游戏的娱乐方式；要么连续几小时一动不动地斜着眼睛盯着小屋的墙壁，仿佛透过墙壁能看到远方。小灰狼完全不理"灰猫头鹰"，只有在"灰猫头鹰"给它拿来食物时，才会注意到他。就这样，小灰狼继续用迷茫的绿色眼睛凝视着它想要归去的王国，直到最后死去。

VI．孤儿

在冬季狩猎期结束的那天，“灰猫头鹰”出发去卖手里的皮毛，但皮毛价格很低，而且不断下跌，一周比一周更低。这时，有关原始森林狩猎即将终结的可怕预言在密林中已经应验。一年前，“灰猫头鹰”现在捕猎的地点就已经被一名优秀的猎人围猎过，当时他捕获的猎物数量就不多，而且卖的价格还很低。

该怎么办？

“灰猫头鹰”的皮毛只卖了大约六百美元，与以往的价钱相比，这笔钱真是太少了。在还清债务、买好夏季的给养之后，六百美元所剩无几，根本没有办法去寻找猎人未曾到过的狩猎地。如果没有这种可能性，那么，在这个被人类“凌辱”过的地方，苦恼于是否能捕到动物，难道不是荒唐至极之事吗？

为了尽快摆脱困境，“灰猫头鹰”决定在春天进行捕猎。在这个季节，任何一个稍微具备狩猎常识的猎人都会把猎枪挂在墙上，不出门打猎，因为在动物繁育后代的时候杀死它们，无异于挖自家的墙脚。但是又能怎么办？都已经到了无路可走的境地！林场上还剩下最后一窝海狸，“灰猫头鹰”安慰自己，所有人在这种情况下都会这么想：就算你不猎捕这些海狸，别人也会杀死它们。

碰巧有一个皮毛买家来晚了，他们因此白白浪费了整整一个星期的时间，而且离“灰猫头鹰”捕猎的地方有很长一段路，又要用去很多时间，这样，得到五月底他们才能开始狩猎。这时小海狸一定已经出生，这是不用怀疑的。但是，“灰猫头鹰”仍坚持狩猎。布置陷阱时，从海狸翻新过的旧巢中传来了小海狸微弱而尖细的声音。听到这个熟悉的声音，“灰猫头鹰”开始划桨，他想借助桨声来分散阿纳哈雷奥的注意力——女人一旦明白是怎么回事，就会请求他拆除捕兽夹。“灰猫头鹰”以前从未在春季猎捕过海狸，因此，听着小海狸吱吱的叫声，他感到心口发痛，但他还是没有停下手里的工作——他们太需要这笔钱了。

第二天，“灰猫头鹰”从陷阱中拉出了三只海狸的尸体，但第四个捕兽夹不见了，一定是海狸妈妈挣断了锁链，带着捕兽夹逃入了水中。“灰猫头鹰”探察了整个水底，搜寻海狸的尸体，还排走了一部分水，但也无济于事，什么都没有找到。“灰猫头鹰”为痛失了宝贵的皮毛而十分懊恼，他完全忘记了其他无助的小海狸。现在，那些小海狸没了母亲的照顾，注定要被饿死。“灰猫头鹰”找了一整天还是一无所获，他收起捕兽夹，准备回营地，心里想着再也不要回到这个被洗劫一空的荒凉之地。但是，我们的生活中有时会发生一些偶然事件，而且这些事件仿佛注定会发挥其应有的作用。

第二天，不知为什么，“灰猫头鹰”突然改变了昨天的决定，再次来到了池塘，他想检查一下母海狸是否回到了自己的巢穴。他与阿纳哈雷奥一起划着独木舟来到海狸巢穴，但是，在那里他们没有发现任何生命迹象：海狸既没有留下任何痕迹，也没有发出什么声音。没办法，他们只能彻底离开这个令人伤心的地方。可是，就在他们调转船头时，“灰猫头鹰”忽然听到身后有水花飞溅的声音，回头一看，在海狸巢穴附近的水面上游动着一只很像麝鼠的动物。能捕一两只麝鼠，或多或少也是对一无所获的一天的奖励！于是，“灰猫头鹰”举起猎枪，开始瞄准。

这么近的距离，不可能打不中，“灰猫头鹰”的手指正要扣动扳机，突然，这只动物发出了细细的叫声，另外一只也同样叫着回应它。它们游到了一起，一枪可以射中两只！但是，就在这时，它们又再次尖叫，根据叫声可以判断出它们是小海狸。然后，“灰猫头鹰”慢慢放下猎枪，对阿纳哈雷奥说道：

“看，你的小海狸在这里！”

一看到两只海狸幼崽，阿纳哈雷奥内心的母性就被唤醒了。

“把它们救上来！”她紧张地大声喊了出来，然后又马上压低声音说道，“我们必须救它们。”

“是的，”“灰猫头鹰”羞愧地说，“我们必须救它们，还要把它们带走。”

要想捉住小海狸并不是那么容易：它们已经长得足够大，并且游得很快。但是，在两个猎人耐心地追捕下，两只小家伙还是被捉住了。他们将两只样子奇怪、毛茸茸的小海狸捉住并放到了船里。每只小海狸重约半磅，有长长的后腿和鳞片状的尾巴。两只小家伙开始在船里走来走去，脸上露出海狸与生俱来的那种镇静、执着和坚定的神情。“灰猫头鹰”夫妇有些尴尬地看着这对小海狸，苦笑着想象接下来该怎么把它们养大。心地善良的他们根本想不到，这两只小家伙的出现将会给人类家庭带来怎样难以想象的后果。

VII. 养子养女

这对夫妇没有想到，他们收养的来自动物世界的两只幼崽会如此束缚他们的手脚。小海狸根本不像我们想象的那样，它们看起来完全不像野生动物：它们没有被吓得躲到角落里，眼神中也看不出丝毫忧郁。它们摆出一副不乞求也不讨好的样子，更像是两个有思维能力的生物。它们将人类视为自己的保护者，没错，它们完全屈服在人的手下，但从它们的角度来看，这种屈服是要求有人对它们持续关注，提醒人们承担自己的责任。它们甚至训练主人在睡觉时把一只手放在炼乳罐上，时刻保持警惕并能随时醒来喂它们食物。

要想办法养活小海狸，这件事做起来并不容易。小海狸不习惯喝盘子里的牛奶，又不能很快找到喂奶用的奶瓶。怎么办？幸运的是，他们很快想到了一个办法：把从树上摘下来的新鲜树枝浸入炼乳中，然后将树枝伸到小海狸的嘴里，让它们吸吮和舔食树枝上的牛奶。这两只温柔的小动物吃饱后变得毫无戒心，非常友善，好像人们这样对待它们是一件理所应当、很自然的事。它们还要求把它们抱在手上，抚摸它们。很快，它们就养成了在人的怀里、袖子里或蜷作一团缩在人的脖子上睡觉的习惯。它们会自己选择睡觉的地方，一旦把它们挪到另一个地方，它们就会立刻醒来，像回自己家一样，坚决地返回原来的地方。如果把它们从自己喜欢的地方挪到箱子里，它们就会大喊大叫，强烈要求把它们送回去。这时，只要有人向它们伸出手，它们就会立刻抓住，顺着手臂爬上肩膀，蜷作一团围在主人的脖子上睡觉。

小海狸很快就学会了辨别人的声音，如果和它们说话，那么，两只小海狸都争先恐后地大声叫喊着打断对方，拼命地说些什么。主人允许它们走出帐篷，在四周走走，只要它们在彼此的视线中，一切都好。一旦它们当中有一只迷了路，两只就都会疯狂地尖叫。这时的它们变得惊慌失措，完全失去了自信和自我控制的能力，拼命呼唤主人来帮忙。主人再次把它们放到一起后，它们就翻跟头，打滚，转圈，欢快地尖叫，然后并排躺下，用像人手一样灵活的前爪紧紧拥抱着对方。这个画面太温馨了！

通常，当小海狸睡觉时，逗它们玩，和它们说话，它们听到了，就会在睡梦中呢喃着，试图以自己的方式做出回答。如果问话次数太多，小海狸就会变得焦躁不安，像小孩子一样表现得很不耐烦。确实，它们的声音非常像婴儿的哭叫声。在白天或晚上的某些固定时间，从箱子深处分别会传来不同的声音。当然，最容易让人听懂的是那种固执的、持续不断的大叫声，这表示它们饿了，要吃东西，这种声音大约每隔两个小时就重复一次。

“灰猫头鹰”并不是一个多愁善感的人，但是他对这两只古灵精怪的小动物充满依恋，以至于他对自己的这种情感都感到奇怪。每只小海狸一下子就选出了自己的“老板”，并义无反顾地忠于它们的第一选择。小海狸倾吐爱意的方式也很有趣：一看到主人，它们就手忙脚乱地弄翻箱子跑出来迎接他们；有时会在深夜爬到主人的被子下或蜷作一团围在主人的脖子上；如果感觉到外面有什么东西威胁到它们的安全，它们就会害怕，吓得肚皮几乎贴着地，悄悄地爬向主人，之后分别坐在各自的“老板”旁边，直到它们想象中的危险过去。

小海狸们不断逃跑，一开始，在灌木丛中寻找这俩小东西会很麻烦，主人非常焦虑。但是，后来发现，人类的所有这些担心都是徒劳的，因为小海狸几乎一听到主人的脚步声或呼唤声，便飞快地跑去与他们会合。一点点地，“小流浪汉们”赢得了主人的信任，主人开始忘记采取各种防范措施。有一次，在上床睡觉前，他们忘了关上小海狸的箱子，早晨起来，发现箱子空空如也。他们急忙划着独木舟去追赶出逃的“浪子们”，找了一整天。夜里，两个人守着灌木丛，不断检查帐篷，看它们是否已经回来了。很难想象，对人类如此依赖的小海狸会主动离开。但是，它们毕竟是野生动物，随时都可能逃跑。它们可以自己觅食，甚至根本不需要人的照顾也可以生存：不知什么时候它们会恢复野性，突然起意，永远离开自己的主人。夫妇俩心里惴惴不安：周围有许多鹞鹰和猫头鹰，而这两只水獭大小的小海狸根本对付不了这些猛禽。

小海狸们已经失踪了三十多个小时。在这段时间里，如果它们还活着，应该是逃到了很远的地方，所以在帐篷附近搜索完全没有意义。于是，这对筋疲力尽的夫妇，垂头丧气地回到帐篷休息。

结果，就在帐篷里，那两只“逃犯”完全不在意它们给人类朋友造成了多大的麻烦，坦然地端坐在床上，正将“皮草外套”里的水挤到毯子上。经历了这次磨难之后，“灰猫头鹰”夫妇将营地直接迁到了小海狸原来生活过的湖边，当然，他们采取了各种防范措施来抵御猛禽和野兽的偷袭。他们给予了小海狸们充分的自由，它们喜欢去哪里就可以去哪里。通常，小海狸们踱着碎步，不慌不忙地走到湖边，在湖里洗洗身子，在芦苇丛中来回游一游，时间不会很久，然后，就像两个出门锻炼散完步的老人一样慢悠悠地回家。

小海狸们是好“主妇”。当它们的哺乳期结束时，除了天然食物，还必须给它们补充燕麦片作为辅食。每只小海狸都有自己的盘子，我们来看看它们是如何对待这些盘子的！海狸的天性是将所有有用的东西摞在一起，整齐地摆放在一边。它们的这种本能自然地体现在整理盘子上：它们把仔细清洗干净的盘子搬到帐篷边，紧靠帐篷布立着放好。当然，做到这一点并不容易，但是它们坚持不懈地努力，并且在大多数情况下都成功了，盘子会被立放在紧靠帐篷布的地方。

快三个月大时，小海狸们已经不再让主人担心和紧张了。人们除了需要满足它们对燕麦片的贪婪食欲，提防它们对食品袋和食品盒的特别的、孜孜不倦的好奇心，还需要经常爱抚它们，并且还要习惯它们的异常举动：深夜里，它们随时可能全身湿漉漉地出现在主人的床上，熟睡的朋友会被身边突然袭来的湿凉气息惊醒。但是，小海狸们其实特别爱干净、温顺、有教养，身上没有任何难闻的气味。总的来说，它们是“小人家族”的两个小孩，它们的举止带给每个人的都是与它们生活在一起的愉悦。

它们尽量悄无声息不被人察觉，大部分时间都看不见或听不到它们。通常只在日落之前，它们才需要被特别关注，而且这种需求不容忽视。这时，它们会吱吱叫着，抓住主人的手，轻轻咬住主人的手指尖，动作滑稽地用力爬到主人身上，表现出对人特别的依恋。小海狸这种对人类情感的需求，呼唤主人时的叫声，以及玩弄主人的一缕头发、衣服上的纽扣或毛边，让它们看起来非常像孩子。但是，这样的情绪冲动并不会持续很久：在傍晚的夕阳里与人玩耍之后，它们会消失，去做自己的事情，直到天亮，才会疲惫不堪、浑身湿透、睡眼蒙眬地出现。毫不奇怪，阿纳哈雷奥作为一个女人，不但爱上了动物世界的这些孩子，而且全身心地爱着它们，对待它们就像对待自己的孩子一样。

“灰猫头鹰”也完全迷失在这种突然涌现的情感之中。这种感觉可能动摇他猎捕海狸的念头，切断他维持生计的主要来源。有时他甚至为这些感觉而羞愧，他认为自己已经不像个男子汉了。但是，每当这时，他就想起一个身材高大、相貌凶狠、脸上因为出过天花而满是坑洼的丑陋的印第安人，所有人都不喜欢他。但这个印第安人有一次一整天都在冒雨寻找丢失的海狸，找到后，他脱下外套，将海狸裹在里面，自己则只穿着一件汗衫，冒着倾盆大雨回了家。还有一个印第安人，他开枪打死了自己漂亮的雪橇犬，而且是一只拉车的领头犬，只因为它吃了自己养了两年的海狸。因此，如果最粗鲁的人在海狸的影响下都改变了自己的性格，那么，这些

“小淘气”的身上一定有某种吸引人的东西！“灰猫头鹰”最初试图在阿纳哈雷奥面前隐藏自己的感受，但非常困难。小海狸们的喷嚏声、幼稚的咳嗽声、轻柔的呜咽声和其他各种向人们表达爱意的声音，让它们看起来是那么迷人，那么招人喜爱！它们不断地对每一个爱抚做出热烈的回应，像手一样的前爪用力地抓主人。有时它们不耐烦地跺脚，有时为了捍卫自己的权利会突然爆发出一些小情绪，似乎所有这一切，都是为了唤醒沉睡在每个人内心里的最温柔的情感。在大多数情况下，小海狸们都幸福地吵闹着，但是，它们有时也会脾气暴躁，出现过激反应。它们会吵架，互相殴打，甚至打主人。但是，这种不好的精神状态通常不会持续很长时间，并且可以确定，这是由于消化不良引起的。

它们的“手”（用“手”形容它们的前爪是再恰当不过的了）干起活来像人手一样灵活。它们可以用“手”捡起很小的物体，控制棍棒和石头，敲打、推动、举起重物和握紧东西，而且握在它们手里的东西很难被拔出来。它们用牙齿扒掉树枝上多汁的树皮，同时用“手”旋转着树枝，整套动作配合默契，像在车床上进行得一样流畅。贪心的小动物们不断地试图偷走对方的东西，但是很少是认真的，并且这种突发的偷盗行为很少成功。“手”持树枝的一方会一直小心戒备着，只要同伴不怀好意地靠近，就会立马发出抗议声，逼对方走开。以至于在敌人放弃所有抢劫的想法之后，要过很长一段时间它才能解除戒备，放松下来。

小海狸吃东西时如果有人走近，它们也不会表现出丝毫不高兴，甚至允许人们抚摸它们，但是，只要伸手去拿它们的“木头三明治”，它们就会大声尖叫，转过身背对着人，把食物紧紧地护在怀里。年轻的夫妇显然把他们心里蕴藏的用来抚养自己孩子的所有关心和温柔都倾注到了小海狸的身上。他们经常在湖上划船，有时走得很远，回来时，还没到岸边就开始呼唤小海狸。“毛孩子们”听到呼唤后，游过来，伸出前爪，握住主人伸向水面的手指，抬头看向主人，嘴里喃喃“说着话”，讨要吃的东西。为了满足“毛孩子们”的愿望，夫妇俩会事先准备一些美味的食物。小海狸们在水上吃着美味，大声吧嗒着嘴，竭力表达自己的满足之情。

这样的会面给动物王国孩子们的庇护者带来的快乐，似乎不亚于动物本身感受到的快乐。夫妇俩感到更加有趣的是，他们可以用美食引诱小海狸跟在船后，小海狸甚至会努力爬上独木舟。这对它们来说很容易，因为海狸的尾巴非常灵活，可以帮助实施这一行动。小海狸在独木舟上与主人会面时的喜悦难以用语言形容。阿纳哈雷奥有时说，这种喜悦是存有私心的，“灰猫头鹰”会开导她说：“就算是最亲密的朋友，把他邀请到餐桌前盛情款待也是最能让他内心感到温暖的事情。”

在经历了如此有趣的“人狸会面”之后，每次在准备新的旅程时，来自最强战斗部落的印第安人“灰猫头鹰”和阿纳哈雷奥都会吵来吵去，内容无非是这次要带什么美食，两个“毛孩子”更喜欢什么，不喜欢什么。而这两个“毛孩子”，按照文明社会投机者的价值标准来评定，甚至都不值得猎捕。

VIII. 动物世界的孩子们

夏季中旬，“灰猫头鹰”必须到铁路边走一趟，他要在那里与猎人们讨论一下即将到来的冬季狩猎的前景问题。一路上，因为小海狸跳不出独木舟，所以允许它们在船上自由跑动。到了陆地，必须拖着独木舟走，“灰猫头鹰”夫妇就把它们放进一个装谷物的袋子里，挂在倒扣着的独木舟里给划桨人坐的长椅上。有一段路足有两英里长，小海狸们一路都在尖叫，因为袋子外面糊满了厚厚一层蚊子。没有合适的箱子可以在停留期间临时安置小海狸，所以，为了防止它们被蚊虫叮咬，不得不把装有小海狸的袋子挂在篝火旁，连同可怜的小海狸一起用烟熏一下。

路上，小海狸几乎所有时间都在睡觉，什么也没吃，尽管如此，到达目的地时它们的状态基本良好，只是看起来好像喝醉了。一个印第安人看到它们的样子，甚至说它们快要死了。但是，在水中待了一两个小时之后，小海狸就满血复活了。现在，很多雪橇犬被主人放出来到处跑，所以只能整天关着小海狸。小海狸并没有安于被囚禁，它们明目张胆地啃噬着所有囚禁它们的牢笼，希望能咬出一个通向自由的出口。

走完这段路，接下来“灰猫头鹰”夫妇要划船返回营地取剩下的东西。他们只好把小海狸交给一个朋友照顾。这个朋友把小海狸锁在了放杂物的板棚里。几天后，夫妇俩回来了。刚一下船，阿纳哈雷奥就去看望小海狸们，“灰猫头鹰”则去找一个坚固的、可以装小海狸的箱子，他们打算当晚坐火车继续赶路。“灰猫头鹰”找到了箱子，在返回的途中遇到了脸色苍白、难过得近乎崩溃的阿纳哈雷奥。原来，小海狸不见了，它们在板棚里两根原木连接处较薄的地方咬了个缺口，逃了出去。

板棚的主人知道这对年轻夫妇多么珍爱这两只小海狸，心里也十分着急。他马上给自己的猎犬套上笼嘴，循着踪迹寻找两个“逃犯”。“灰猫头鹰”朝着远处的湖泊方向找，他首先大范围地搜寻浅滩。小海狸走不远，在正常情况下，它们很容易被发现。危险来自雪橇犬和皮毛猎人，他们看到什么就捕杀什么。但是，没过多久，雌海狸孤零零地出现在了院子里。它不经意间走进了猎狗的包围圈，猎狗们发现了它，正从四面八方扑过来，打算把它咬碎。就在这时，阿纳哈雷奥看到了雌海狸，她大叫着扑过去，抓起这只小海狸，然后在“敌人们”的追击下，匆忙躲进了最近的一扇门里。

一无所获的“灰猫头鹰”回来后，得知了发生在雌海狸身上惊心动魄的一幕。板棚的主人和猎犬的搜寻没有任何成果，可能是因为大多数幼小的动物不会留下气味，这是它们不受掠食者伤害的一种自我保护方式。获知这些情况后，“灰猫头鹰”和阿纳哈雷奥意味深长地互相看了对方一眼，他们想的是同一件事：极富好奇心的雄海狸——“充满激情的流浪汉”踏上了它的最后旅程。现在，又大又坚固的箱子里只有一只雌海狸，看上去太大太空了。在小海狸们短暂的一生中，彼此分开的时间总共不超过几分钟，因此，雌海狸一直哀哀哭叫着，那种叫声只有在它孤立无援遇到了大麻烦时才会发出。

“灰猫头鹰”找了整整一个晚上，直到天色完全变黑了还是一无所获。整个地区到处都是饥饿的雪橇犬，对每一只狗来说，小海狸都是唯一的、难得的美味。现在，找到小海狸的概率微乎其微，而失踪的那只小海狸正是“灰猫头鹰”的最爱。他感到痛失所爱的悲伤已直入心底。小海狸已经成功到达湖边的想法是不现实的，但有必要继续寻找，尤其是这只“小流浪汉”总能在处境危险时幸免于难。也许，这次也如常，他会逃脱注定的死亡？

“灰猫头鹰”愣神间，突然清楚地看到在狭窄水湾的另一侧，有一个深褐色的东西迅速消失在夜幕中。“灰猫头鹰”大声呼唤了几下，黑暗中立即传来了悲伤的回应，只是根本不是从那个深褐色物体出现的方向传来的，而是在前方不远处，在扔石头能到的距离内。柳丛很密，看不见里面的任何东西。然后“灰猫头鹰”向前走着，大声叫着，每叫一声都能听到一声回应。终于，他看见“小流浪汉”瞪大眼睛，支棱着毛站在眼前，它没有冲过灌木丛扑到“灰猫头鹰”的脚边，反而是“灰猫头鹰”飞快地跑过去，抱起了这只毛茸茸的小东西，将它紧紧地贴在胸前。小海狸用鼻子一下一下地拱着“灰猫头鹰”的胸膛，还用一种隐约听得见的悲痛的尖叫声表达着自己的情绪。

小海狸身上很干爽，这说明它几乎已经到了水边，但没有入水，在听到熟悉的呼唤声后立即返回来了。“灰猫头鹰”以前从未感受过这种失而复得的心情。至于阿纳哈雷奥，更是欣喜若狂。即使箱子对两只小海狸来说还是太大，但现在主人再也感觉不到它的空旷了，相反，它是满满的，从里面已经传来熟悉的争抢食物时的吵架声，那种争吵可以理解成“相亲相爱的人吵嘴，不过是因为开心”。

“灰猫头鹰”看到“小家伙们”过去、现在、将来都会生活无忧，不会遭遇危险，反而有些不安地想到自己对它们的感情，这种感情正在把他从海狸猎人和屠杀者变成它们的守护神。从纯粹的经济学角度讲，“灰猫头鹰”早就反对大规模屠杀了。由于没有猎物，这一屠杀自然会结束，但是这种冷酷的算计与对动物直接的爱是完全不同的。事实证明，这些动物有感情，并可以完美地表达出来。它们会与人交谈，有喜好，知道幸福是什么，寂寞是什么，总之，它们是“小人儿”。通过观察这两只小海狸，“灰猫头鹰”对整个海狸家族都渐渐有所了解：所有海狸都是一样的！

“灰猫头鹰”回忆起许多有关海狸的故事，这些故事是他小时候听过的，但似乎令人难以置信。野蛮的印第安人给它们的海狸起了“海狸人”“小印第安人”“会说话的兄弟”之类的名字是不无道理的。印第安女人失去了孩子，会用自己的乳房哺育小海狸，并能从中获得安慰。所有印第安人都会温柔地照顾落入他们手中的小海狸。但是，为什么“灰猫头鹰”从前却能一秒都不迟疑地将它们杀死？“灰猫头鹰”现在认为自己从前对待海狸的态度实在是太可怕了！

晚上，“灰猫头鹰”惦记着动物王国的“毛孩子们”，最后一次去看了它们一眼，然后就上床睡觉了。但是到了深夜，躁动不安的小海狸们把新的住所又啃噬出了一个缺口，这项大工程和其他各种活动令小海狸们疲惫不堪，它们就在咬破的箱子旁边沉沉睡着了，直到第二天早上才被发现，当时夫妇俩正在决定是马上乘火车离开，还是再等一天出发。这时，有人驯养海狸的传闻吸引一个皮毛商人来到了营地，他想看看海狸。他说，离这里不远的地方还有一对小海狸，是一位印第安人卖给商店的老板抵债用的，他打算把这些小海狸都买下来。他还说，那些小海狸看起来不是很健康，有可能会在运输途中死掉。因此，他不想接手，并希望小海狸主人自己承担风险，将小海狸送到他那里。

相反，商人对“灰猫头鹰”的小海狸很满意，他表达了强烈的购买意愿，甚至提出了非常优厚的条件。尽管“灰猫头鹰”夫妇很缺钱，但还是拒绝了。商人离开后，“灰猫头鹰”和阿纳哈雷奥非常强烈地想要去看看那两只抵债的小海狸。出发前，“灰猫头鹰”和阿纳哈雷奥将自家的小海狸们放在外面包着铁皮的木盆中，还专门找了一个人来看守，临走前还嘱咐，他们不在的时候，任何人都不能看小海狸。原来，那两只小海狸的主人不是普通店主，他的百货商店连着一家旅馆，他的主要收入来源是出售违禁葡萄酒。这位贩卖走私酒的店主是一个不错的小伙子，他招待别人喝的威士忌，几乎与售出的威士忌一样多。他还是一个虔诚的教徒，在他的房间里有一个专门用于祷告的类似祭坛的地方，上面摆放着长明灯，他经常在这里与家人一起祷告。经常出现这种情况：他正跪着祷告，买主来了，他起身走到柜台前，将违禁葡萄酒卖给买主，然后又回到神圣的房间，一边在胸前画着十字，一边跪到原来的位置继续祈祷。

这位店主买了小海狸，却根本不懂得怎么照顾它们，因此，小动物们看起来非常可怜，真的可以说是快死了。它们不断发出微弱的叫声，当有人把手伸进箱子里时，它们就用小小的爪子抓住人的手指，可怜地哭叫着，像是在乞求人救救它们，将它们从黑暗的深渊中拉出来。“灰猫头鹰”也只能怜悯它们，却无法谴责这个主人——因为他自己也曾这样做过。

“如果他能让我们把小海狸带走，该多好！”阿纳哈雷奥说道，“至少可以让它们在我们的小海狸身边死去，也不会那么孤单！”

“我们把它们买下来！”“灰猫头鹰”说完就走向店主。

“您的海狸卖多少钱？”

“很多钱，”店主回答道，“您有多少钱？”

“灰猫头鹰”回复了店主。

“太少了。”店主说道。

阿纳哈雷奥嘱咐店主要如何照顾海狸。但是，无论她多么努力地向他解释，这样会使海狸变得健康并且更值钱，店主还是拒绝了她无私的建议。店主发出了一封信，申请野生动物出售许可证。有了出售许可证，就可以将海狸通过托运的方式卖给皮毛商人。他说，如果海狸能活到交易达成并活着被装箱，他就满足了。

他还说：“如果海狸在交易达成后死了，这样的交易甚至会很有趣。”

简单来说，他是最近出现的花样不断翻新的骗局中滋生出的皮毛商人里典型的投机者。但是，值得庆幸的是，没有水，没有合适的食物，没有人照顾的海狸并没有遭受长时间的痛苦折磨。因为在随后的一个星期天的早晨，一名“小囚犯”被发现死在牢笼中，另一名“小囚犯”伸长身体死在水桶附近，它一定是非常渴，试图找点儿水喝。“灰猫头鹰”悲痛地看着两条生命被扔进肮脏的水桶，它们生于寂静、自由、芬芳、广袤、纯净的森林中，它们是人类无法理解的奇妙生物，在这里却被无情地玷辱……后来，看着自己的两只“小毛孩”，“灰猫头鹰”无法忘记那些遭受不幸的海狸，他坚决起誓，在任何情况下都绝不将自己的小动物卖掉，要不惜一切代价给它们自由。同时，他也痛苦地回忆起被自己杀死的小海狸的母亲。

他发誓道：“让我的生活中永远不要再有那么痛苦的一天，我将不再参与，不再目睹投机者卑微的小店里发生的事情。即使我不得不挨饿，我也不会去做这样的事。”

很可能就是在这个时候，在模糊的意识里，“灰猫头鹰”下定了决心，永远放弃猎捕海狸。

IX. 为什么要“勒紧裤腰带”

当钟爱的风景逐渐消失、高贵的动物濒临灭绝时，有些人一定会对做过的事情感到懊悔！正是这样，当最后一只野牛倒下后，有些猎人从此放下了屠刀和猎枪。还有更多的印第安资深猎人致力于恢复已经消失了的动物！曾经的悲剧现在就发生在海狸身上：它们正在被赶尽杀绝。作为猎人却很难逃避不去参与这场屠杀。

放弃猎捕海狸，说出来容易！但是，猎人靠什么生存？尤其是像“灰猫头鹰”这样的人，他的生活始终与海狸的命运息息相关。不，无论如何，永远放弃狩猎海狸都不是想到就能做到的事情。但生活会一再地不断让人相信灭绝海狸是荒谬的，而且一定会出现一个偶然事件，让人彻底醒悟并最终摆脱杀害心爱动物这一可恨的事情。

如今，在安大略省十万平方英里的土地上完全找不到海狸，如果不是一些地方还能看到被废弃的海狸窝，人们甚至会以为它们在这里根本没有存在过。“灰猫头鹰”划着独木舟在一个曾经被视为海狸王国的水域走了大约两千英里，仅仅找到了几个幸存下来的海狸群和几只落单的海狸。“灰猫头鹰”参加过奥吉布伊人在西蒙诺夫湖上举行的一次部落会议，与来自维多利亚大湖和圣毛里求斯河上游的一些部落的人进行了交流。大家的说法一致：海狸要么完全灭绝了，要么处在濒临灭绝的边缘。所有迹象都表明，在不久的将来，海狸很快就会彻底消失。森林里没有海狸——这是将自己的命运与海狸的命运，以及整个自然界的命运联系在一起的人无法想象的事情！“灰猫头鹰”觉得，没有海狸，自然界中的一切就都没有意义。他自己，就事实而言，曾帮助过非法捕猎者和皮毛投机者的入侵，当然也是罪责难逃。

“灰猫头鹰”陷入了深深的沉思，他回想起早年的森林生活，那些在寂静、人迹罕至的广阔森林中无忧无虑的孤独日子。唉！可以毫无顾忌地猎捕动物的时光一去不复返了。毕竟那时他是一个人，活得从容自在，为了生存而杀死动物是合理自然的行为。但是，失去理智的猎人用非人道的残忍方式杀害海狸，这第一次让他有了顾虑。印第安人作为受过良好训练的职业猎人，通常将陷阱设在冰层下的水中，被捕兽夹夹住的动物或被淹死，或挣开夹子逃脱。

但是，“外来入侵者”使用的技术却完全不同——他们的捕兽夹实在是太可怕了！这种工具会夹住海狸的爪子，把它们从水中提起来，然后活生生地吊在空中！很久以前，在“野蛮人”入侵的初期，“灰猫头鹰”曾经看见一只爪子被夹住的母海狸，怀里还有几只小海狸在吃奶。母海狸痛苦地呻吟着，为了救它，只能剪断它的爪子。它忍着疼痛不挣扎，似乎明白这是善良的人在救它。它对人充满信任，没有匆忙逃跑，而是带着孩子一起慢慢离开了。“灰猫头鹰”遇到的另一只母海狸境况更加凄惨：被捕兽夹夹住的海狸尖叫着，叫声异常，像人在号叫。救它是不可能的，能做的就是把它放到水里，让它尽快窒息而死。临死前，这只不幸的海狸，用那只没有受伤的爪子紧紧抓住了帮助它摆脱痛苦的那个人的手指。后来才知道，这是一只即将临产的母海狸。这项极具杀伤力的发明有这两只受害者就足够了，但是“灰猫头鹰”遇到了几十起：从水中抓到的动物活着被悬挂很多天，直到被渴死或饿死，并且经常有鸟类在海狸还活着的时候啄出它们的眼睛……

“文明的白人”这些非人道的行为唤起了“灰猫头鹰”对动物特别的亲近感和原始天性，尽管这种天性在为生存而战中表现出残忍的一面，甚至具有掠夺性，但它仍然是高尚的。正因为如此，野蛮白人杀害海狸的行为让“灰猫头鹰”感到自己与动物休戚相关：自己杀害海狸的行为是某种形式的背叛，就好像他已经成为帮助入侵者抢劫自己同胞的叛徒一样。

就这样，“灰猫头鹰”逐渐意识到必须与所有森林居民缔结和约，携手共同对抗邪恶、不讲原则的敌人。同时，伴随着野蛮白人对动物灭绝性杀害而来的，还有生活中出现的一些令人遗憾的现象。在印第安人中就发生了前所未有的盗窃案：最开始是偷捕兽夹，很快事态发展到偷所有的东西。猎人捕猎后回到森林里的小屋，发现没了食物，没了滑雪板、火炉、毯子和捕兽夹。营地里储备的物资被洗劫一空，到处肮脏不堪，甚至连独木舟也被偷走了。古老的森林戒律正在被践踏，猎人们变得谨慎和相互猜忌。特别令人沮丧的是，有些人出于谨慎给自己的小屋上了锁。在过去，偷窃别人储备的给养是一件可耻的事，偷窃者会被枪杀。如果在那个年代有人想给自己的小屋上锁，那他将被视为异族人或不值得信任的人。这种可耻地保护自己可怜财物的方式似乎与人的本质背道而驰，可如今已成为一种必要的合法手段。伴随着印第安王国文明化进程的就是这样一些不堪的现象。

从五月中旬到六月的第一个周末这段时间里，小海狸陆续出生。此时在北部地区，海狸的皮毛仍然保留着冬季时皮毛的优良品质，这就是为什么春季狩猎非常划算。此时，到处游走的猎人像龙卷风一样席卷全国，他们侵入别人的地界，猎捕在这个季节很容易捕获的雌海狸,并导致成百上千只海狸幼崽因为失去母亲而被饿死。

这种狩猎方法除了特别残忍，可怕之处还在于，它在几十年间对动物王国的破坏比数百年冬季狩猎造成的破坏还要大。通常，可怜、饥饿的幼崽们会游在带走它们母亲尸体的独木舟后面拼命地尖叫。遇到这种情况，当地居民几乎都会收养这些孤儿。但是，幼崽们接下来的命运总是注定凄凉：它们被囚禁，哭喊着，不断祈求人们对自己的关注，以至于大约两周后，当它们死掉了，人们还能幻听到它们的声音。

“灰猫头鹰”一生救过无数只动物，现在，救助这些小动物的画面成了美好的回忆。有一只小海狸，总是蜷缩成毛茸茸的一团，整夜睡在“灰猫头鹰”的枕边。“灰猫头鹰”翻身，它也跟着爬到另一边，再团成一个球。它非常喜欢爬到主人的肩膀上，当主人在桌旁工作时，它会贴在主人的脖子上，睡在衣服的下面。这只生病的海狸，最后虚弱到无法爬到主人身边。有一天，它在尝试爬上主人脖子时遗憾地死掉了。

很久以来，“灰猫头鹰”的灵魂深处被无休止的杀戮折磨着。这真的是名副其实的屠杀，因为在三月，当海狸露出水面时，只能用棒子击打它们。海狸面对死亡时的恭顺让每一个敏感的人都良心不安：有些海狸意识到躲不开棍棒的击打，竟然试图用前爪护住头部。有一次，一只受了重伤的海狸游到岸上，在离猎人几英尺[1]的地方躺下，等待着，也许在请求猎人把它打死，但猎人迟疑了很久下不了手。“灰猫头鹰”早就厌倦了这一切，但这世上令人厌倦的职业还少吗？人们最终不会放弃这些职业，因为要生存。

如果没有遇见自己的妻子，如果被俘获的小海狸没有引起他的特别关注，成了荒野中孤独的夫妇二人的孩子，“灰猫头鹰”会像其他人一样继续做这个可怕职业的囚徒。小海狸有时看起来像外星人，要学习理解它们的语言。它们是如此好奇，如此充满爱意，如孩子般可爱，怎么可以杀死这样的动物？不可以！“灰猫头鹰”现在要观察、研究、学习理解它们。也许真的能够建立起自己的海狸养殖场，并为海狸的生存而奋斗，防止它们从地球上消失。野牛的例子并不遥远，如果保护野牛的想法得以实施并取得了成功，那么，为什么“灰猫头鹰”不能对海狸做类似的事情？

但是，从哪里开始？当然，必须从找到某个海狸家族开始，然后，不让任何猎人觊觎这个海狸家族，不让它们受到猎人的伤害。

---

1 英尺，英制旧长度单位，1 英尺约等于 0.305 米。——译者注

但是，找到海狸家族，保护和驯养它们并不是一件容易的事……所有这一切都需要时间，并且还要考虑在人迹罕至的荒野中如何生存的问题，不理智的行动只会让自己饿肚子。如果在一个盛产皮毛的地区生活，可以靠从事一些副业安顿下来，但又得找看守海狸的人，这有可能与其他猎人结仇，这些猎人将把“灰猫头鹰”视作叛徒……但是，所有这些阻碍都要克服，必须立即开始做事了。

他们所有的“装备”就是两只小海狸和一张杂货店的欠账单。经过反复思考，“灰猫头鹰”最终决定让阿纳哈雷奥参与他的计划。

“好吧，”他尽可能果断而坚定地说道，“我们一起干点儿别的事情吧！我再也不会猎捕海狸了。”

阿纳哈雷奥满脸狐疑、不太相信地看了看他，喃喃地说道：

“那捕什么更好……”

“不！什么都不捕了！”“灰猫头鹰”打消了她的疑虑，“我的决定是认真的。从现在开始，我既是总裁又是出纳员，还是海狸家族保护协会唯一成员。关于我们的财务状况，你有什么想说的？”

“喔！”阿纳哈雷奥兴奋地欢呼起来。

既然说到了最现实的生活问题，那么钱从哪儿来？！她从没想过“灰猫头鹰”会做出这样的决定。

“你现在打算做什么？”她问道。

“灰猫头鹰”给阿纳哈雷奥详细地说了说自己的计划。

“也许，我们要过紧日子，不得不勒紧裤腰带……”他总结道。

“不管怎样，我们一起过苦日子。”阿纳哈雷奥回答道。

X. 大卫 · 白石

有多少孤独者的梦想像海浪汹涌的咸海岸边长满的灌木丛一样干枯了！有多少流浪者怀揣梦想被迫离家，只是因为他们对自己国家的祖辈缺少理解！在家乡的土地上，只要有像阿纳哈雷奥这样永远充满活力的人，梦想就会滋生壮大！

很快，又有一个人加入了这两个怪人的队伍，成为拯救海狸家族的第三人。他就是来自阿尔冈昆部落的印第安老人——大卫·白石，和所有的印第安人一样，他也来自安大略省。大卫是那种类型的印第安人，从白人那儿学到了很多先进的科学知识，同时还保留了自己种族的所有特征。尽管他说的英语和法语带有明显的口音，但说得很流利。他身材高大、肌肉发达、表情严肃、举止谦逊，有着印第安民族的内敛性格。他目光敏锐，极富幽默感，会学狼叫，还学得惟妙惟肖。喝醉酒后，他会不经意哼唱起祈祷书中的赞美诗。他有一杆猎枪，据他说，弹药从枪膛射出，就像步枪子弹一样，可以准确击中人群中的任何人。

好在当年，他偶尔会忘记信仰的宗教教义，充分展示了这杆猎枪的威力。他年轻时听说过著名的易洛魁人袭击北安大略省事件，直到现在，这位老人仍深信易洛魁人的部队至今还躲在某个人迹罕至的地方，策划着新的行动。他参加过加拿大太平洋铁路的建设，当时，威尔士亲王爱德华带着精心挑选的划船手，沿着古老的运送皮毛的路线，开始了从渥太华河到蒙特利尔的历史性独木舟之旅。他还相信，在人类尚未开发的神秘地方，有大量的野兽和黄金。他是一个狂热的淘金者。

这真是机缘巧合！大卫一年前发现了一个未被申请开采的金矿，而想要为海狸家族的幸福奉献生命的人们正需要黄金！尽管作为船夫和搬运工，“灰猫头鹰”经历过各种“淘金热”，但是，他对找金子始终提不起精神。他有些鄙视这种不诚实的赚钱方式，鄙视那些拼命从石头和泥土里刨钱的人。然而，现在，老人的热情勾起了同样来自淘金家族的阿纳哈雷奥的幻想，这样，“灰猫头鹰”也无法置身事外了。

每天傍晚，三个人聚在一起讨论金矿的事，像行家一样仔细揣摩岩石样本，埋头研究地图。有一次，他们讨论了很久，说到兴奋处，这些淘金狂头脑发热，一时兴起，竟然想在当晚就出发去金矿考察，只是因为深夜无法弄到粮食才作罢。只有“灰猫头鹰”还稍微冷静一些，他勉强说服大卫和阿纳哈雷奥至少要等到春天，那时的风险可能会小一些。

大卫满怀希望地憧憬着未来，他甚至慷慨地提议平分在他发现的地区开采出来的黄金，然后购买最好的装备北上，一起去一个文明世界以外的原始王国，因为这三个人仍然相信，在遥远的山林深处还有野兽出没。他们还多次讨论该如何安置小海狸，到那时小海狸都长大了！他们给予了小海狸太多的爱和关怀，就好像它们不是动物，而是自己亲生的孩子一样！善良的大卫像个孩子一样与它们待在一起，一玩就是几个小时，教它们在人类社会中保持体面的举止。

但是，“灰猫头鹰”暂时向大卫隐瞒了自己的计划，因为他相信一种迷信说法：在开始某个行动之前，千万不要把心里的预想告诉那些不相关的人，否则对事情不利。距离春天来临还很遥远，但现在有必要考虑一下，如何才能更好地打发剩余的漫长时间。此外，在这里生活相当危险。魁北克的这一地区，已经连续三个夏天阴雨连绵，空气异常潮湿，人住在帐篷里很不舒服。

印第安人像苍蝇一样死于结核病和其他由于恶劣天气导致的疾病。他们的狩猎场被强盗洗劫一空，那些尚未因饥饿而死的印第安人，也因饥饿而体质虚弱，无法抵御疾病。一位来自渥太华的印第安医生疲于治疗各种病人，他一再建议三个“寻找幸福的人”尽快逃离这片土地。

幸运的是，一伙猎人来到了这里。为了尽快离开这里，三个人，连同小海狸一起成了这些人的雇用工人。小海狸立即成为猎人团队的幸运宠物，因此团队里发生了很多趣事：小海狸认识了所有人，咬破了帐篷和防水油布，偷吃了面包，钻到了黄油里，打碎了鸡蛋，给所有人都制造了麻烦。到了晚上，它们被放出来自由活动。因为每到一个新地方，停留的时间很短，小海狸来不及熟悉周围环境，所以经常迷路。但是，它们总能找到回家的路。一天，凌晨三点钟，小海狸误入了别人的帐篷，其中一只甚至爬到了熟睡的猎人身上，开始若无其事地擦干从尾巴到鼻子都湿漉漉的皮毛，然后引发了一场混乱，猎人还用言语威胁小海狸，对它们发出了警告。狩猎探险快结束时，所有食物都被吃光了，每个人都开始羡慕小海狸，因为四周大片生长的都是它们的“食物”。就这样，只有小海狸是猎人团队里每天都能吃得饱的队员。

XI. 乔 · 艾萨克

人在年少时会对一种现象感到奇怪，就是你心里想着某件事，并且自己的计划没有对任何人讲过，就像“灰猫头鹰”一样坚守着自己的秘密，但会有一个机缘让你遇到和你有同样想法的一些人。现在，我不觉得这有什么稀奇，不过是因为心有所想，所以你关注与此相关的事情，希望它向好的方向发展，并听取相关人员的意见罢了。

与此同理，如果“灰猫头鹰”心里没有给海狸家族建立一个理想王国的计划，那么，他可能也不会陷入淘金者大卫的幻想中，更不会和他一起受雇于狩猎探险队。

大约就在这时，三个可爱的“怪人”与来自新不伦瑞克的另一名印第安人乔·艾萨克相遇了。像“灰猫头鹰”这样四处流浪的人，当然遇到过形形色色爱说假话的人，他们说起谎来有的笨拙，有的巧妙，像艺术家。但是，像乔 · 艾萨克这样的艺术家骗子，“灰猫头鹰”还是第一次见。好像上帝是为了他们的相遇而创造了这个人。

乔 · 艾萨克似乎能把听众催眠，让听众相信他所说的一切，尽管在其他方面听众完全把他当成骗子。他讲了很多关于自己的事情，比如，他是一名出色的职业田径运动员，并且声称自己是一个随和的好人。但是，随和的人通常会遇到一些有趣的事情。作为职业运动员，他曾经获得丰厚的奖金，但鉴于他到处参加比赛并始终获得最高奖项，导致别人失去了从事田径运动的动力，因此所有大洲都禁止他参赛。因为不想让简单而艰苦的劳动损坏自己的肌肉，他干脆什么也不做，就等着禁令解除。没有乔·艾萨克不知道的地名——他去过所有别人能说得出来的地方。如果您自己去过所说的地方，并且对他的故事存有疑问，那么，他会立即安抚您，借口说他记混了，然后非常巧妙地摆脱眼前的尴尬局面。

他身上有一块伤疤，好像是参加一场战役时留下的，后来弄清楚了，实际上，不过是外科手术后留下的伤疤。对他这个年龄的人来说，他的生活经验似乎太过丰富，所以引起了一些人的怀疑。有人曾根据叙述者的话进行了准确的计算，结果证明他至少应该有一百一十八岁。现在很清楚，这样一位“绅士”在想要成为开发海狸事业的先驱者们这样的好人的生活中会发挥什么巨大的作用？要知道，这些人不是懵懂小孩！他们从事艰苦的工作养活自己，知道贫穷的滋味，见识过各种各样的人……

乔·艾萨克讲述的有关特米斯卡瓦塔地区的故事让他们着迷，后来证实这个地区确实存在。据说，他在图拉迪湖上的特米斯卡瓦塔拥有自己的狩猎小屋、船只和各种装备。他在那里的店铺有很好的信用，好友们会张开双臂欢迎他的其他朋友。“灰猫头鹰”认真收集了所有信息，计算了一下乔·艾萨克列出的所有财产的价值。出于诚信，他不自觉地将乔·艾萨克的所有财物分成了六份。在将图拉迪湖上的特米斯卡瓦塔如此分割后，不管它在当地被称作什么，它还是一个值得人关注的地方。

当然，对寻找海狸家族幸福的人们来说，最重要的是这个地方是全新的、遥远的。遥远的地方令人神往，人处在这种状态下，会本能地想象那个遥远且未知的边疆鸟兽成群。但是，无论这片诱人的土地有多远，它仍然没有超出加拿大的边界，没有人像“灰猫头鹰”一样亲身经历和体验了土地荒芜的过程，他对被彻底摧毁的加拿大皮毛资源的现状太了解了！

还有，大家都相信乔说的一切是真实存在的。好像在那片遥远、神圣的地方，人类的居住区由于野生动物的入侵而变得极度贫穷。那里的鹿好像把庄稼都连根踩断了，雪貂和水獭让渔民无法捕鱼生活，水上运输的木材被海狸占领，原木被啃噬得毫无用处，好像还有一种可怕的食人猫，甚至连政府都出重金请猎人猎捕它们。

乔列举了这些生动且令人信服的事实，证明了这个地区的原始状态，然后就陷入了沉默，这无疑是他在收集记忆中的新材料而做的短暂停顿。“灰猫头鹰”借机对他进行了小小的盘问。

“你说，乔，那里有海狸吗？”他随口问道。

乔在椅子上换了一个舒服的姿势，又像是在借这个动作压一压心头的怒火。他噘起嘴唇，好像要吹口哨。

“当然有海狸！”乔说道。

他的眼睛闪闪发光，又开始夸夸其谈。

“是的，确实有很多海狸。海狸太多，所有的小溪都住满了海狸。听说，一些海狸因为在溪流中找不到足够的生活空间，只能到陆地生活，结果，它们的身体发生了一些变化——像水獭一样，尾巴上长出了短毛。这种海狸被称为‘草海狸’。”

奇怪的是，在回答有关“草海狸”的更深入的问题时，乔支支吾吾地说，他无法保证“草海狸”这个亚种确实存在，因为除了他的个人所见，没有其他的佐证信息。他在这样一个小问题上表现得不自信，真是出乎大家的意料。显然，谎言也有局限性。特米斯卡瓦塔离他的家乡不远，这或许就是为什么他没有戴着玫瑰色眼镜看它——人们通常习惯戴着有色眼镜去幻想遥远的异国他乡。尽管如此，他的故事里还是有真实的部分，否则“灰猫头鹰”就不可能到达特米斯卡瓦塔，并找到本书的写作素材。无论如何，特米斯卡瓦塔是真实存在的。

至于他讲的“狩猎故事”，就更加千奇百怪、令人着迷。“灰猫头鹰”隐瞒了他想要保护海狸的想法，在盘问乔时，话说得不够委婉，于是，乔露出了手臂，开始若有所思地看着上面的伤疤。他可能想说，这是海狸咬伤的，咬人的海狸就是海狸的一个亚种——水陆两栖海狸或“草海狸”。

看到乔的窘迫，“灰猫头鹰”出于礼貌急忙转移了话题。因为讲故事的人如果不被相信，就会非常沮丧。他讲得已经足够多了，而“灰猫头鹰”根本不需要很多海狸，有一个海狸家族就足以开始海狸的繁殖大业。如此一来，三个人又满腔热忱地开始研究地图，用棍子在沙子上画路线图，整整一个星期，他们的话题都是围绕图拉第河的特米斯卡瓦塔来展开的。

狩猎的故事魔幻神奇！毕竟，我们知道故事的价值，仿佛是飞在空中的仙鹤，遥不可及。但是为什么我们喜欢听，自己也喜欢讲呢？而且，最可笑的是，我们或多或少还相信这些故事？一些受人尊敬、有真本事的人，因为乔说他从某个猎人那里听说过一个有很多海狸的地方，他们就相信并且动身前往了。

“你们可要小心，”乔说道，“山里的很多树木都被锯断了，穿过树林时，曾有人摔断了双腿，当场死亡。所以，没有人在那里打猎，都害怕摔断腿。但是现在那里的狩猎情况怎样，是否可以滑雪，有多少海狸，谁都不知道！”

然后，他双手十指并拢，举到面前，从两手间的缝隙看向对方，他这一系列动作是想表达那里有很多海狸。大卫习惯站着听这种无稽之谈，而且他非常聪明，从没有提出过异议，打断过乔，就像是他不想破坏这个奇幻故事的连贯性和完整性。当然，其他人也不太相信这些狩猎故事，但是当未知的一切令人着迷，并唤醒了印第安人喜欢漂泊的灵魂时，那么，故事真实与否就无关紧要了。某个故事中的两三个简短暗示便足以使听众兴奋起来，让人抓起地图，开始幻想自己在任何一条路线上都可以大有作为。这些经常嘲笑那些骗人故事的人，自己反而受其影响，并准备去冒任何风险。但是，如果冒险是一件崇高的事情，为什么不去冒险呢？因此，听了乔的狩猎故事后，人们纷纷出发前往一个叫作特米斯卡瓦塔的地方。

XII. 千里迢迢

为了这次旅行，“灰猫头鹰”忍痛卖掉了独木舟——他感觉就像卖掉了自己的好友，一个远航的伙伴。就这样，他想方设法凑够了自己和阿纳哈雷奥的车票钱。贫穷的大卫差点儿哭了，他既没钱给自己买票，也无法帮助“灰猫头鹰”。卖东西的钱只够支撑两个人到达目的地，到那儿之后还要靠借狩猎预付款生活。

想不出别的办法！寻找幸福的人只能与他们的朋友分开，并请求在狩猎成功后立即写信让他过去。当然，旅行者们购置了一条新的独木舟和全套狩猎装备：滑雪板、猎枪、食物和各种各样的狩猎工具。小海狸被装在一个包着铁皮的箱子里，喂水用的杯子固定在箱子一角，行李车中为它们准备好了整堆的白杨树树枝。中途换车时，“灰猫头鹰”用带子绑住装小海狸的箱子，背在身上。

到了魁北克市，他们只能在站台上喂小海狸。一大群人围拢过来，七嘴八舌地说他们背的是野生动物、箱子捆得不够结实等。小海狸们在箱子里不停地尖叫，爬上爬下，把所有的水都洒在了“灰猫头鹰”的背上。印第安人吸引了所有人的目光，这些目光中小部分是有恶意的，大部分是友好的。听到小海狸的尖叫声，周围人的表情很有趣。一位喝醉了的绅士甚至要求印第安人看在上帝的份上，应该像善良的基督徒那样，把“孩子们”从箱子里放出来。

最后，多亏了魁北克省东部居民的善良和乐于助人，他们再次顺利登上了火车。火车开动了，小海狸停止了抱怨的哭叫，旅行者们开始看窗外陌生的环境。

很快，“灰猫头鹰”注意到火车正渐渐驶向东南部人口稠密的地方，他开始有些不安。猎人眼前的景象一片凄凉，到处矗立着孤零零的树木，不难想到整个地区曾经被茂密的森林覆盖。这些孤零零的树木让印第安人不由得想到了自己，他也是曾经强大的部落遗留下的最后代表之一。

到了圣劳伦斯河下游地区，这里的河流把蛮荒的高地与文明程度较高的低地清晰地隔开了。当火车驶过河，开始沿着低地向南行驶时，思乡之情开始强烈地折磨“森林里的流浪者”。他们感觉现在已经永远离开了自己的故土和朋友，就像是来到了小说情节中的十字路口，走上了一条极其危险的道路，而且后路还被切断了。乔·艾萨克的故事完全发挥了它的催眠作用，印第安人就像在梦里一样。火车车轮飞速运转，越驶越远，驶入了一个陌生的异国深处。沉迷于理想中的人的命运与密林中捕获的、现在被囚禁在箱子里的、不知被运往何处的野生动物的命运紧密相连。“灰猫头鹰”坐火车去过很多地方，每次都这样从车窗看向陌生且未知的土地。毕竟，他去过欧洲，经历过战争。但是所有这些旅行都是有保障的，与这次真正的旅行相比，那时的旅行太轻松了。

是的，至少这不是一次愉快的旅行。与从前那些旅行相比，这次更像是一场战斗——这是一场真正的前沿阵地战与电影屏幕上的战斗的差别。对食物的担忧让“灰猫头鹰”心神不宁，他要考虑的不仅是自己，还要考虑与自己密切相关的动物的温饱。如果周围是一片森林，印第安人不会感到恐惧：在森林里，他总会为自己和他的三个亲人弄到食物。但是，在一个没有树木的居民区，一个根本没有适应新环境的外乡人能做什么？

火车向东南方向越驶越远，“灰猫头鹰”心里愈发清楚，在一个人口稠密、森林匮乏的地区寻找鸟兽成群的王国是多么不明智的事情。阿纳哈雷奥把目光从小海狸的箱子移开，抬头正好看到“灰猫头鹰”脸上焦虑的神情。

“你在担心什么？”她问道，“我们一定会摆脱困境的！”

“你看一下窗外，”“灰猫头鹰”回应道，“这里看起来像是一个能捕到动物的地方吗？”

火车继续向东南方向行驶。

“火车会改变方向的。我敢打赌，特米斯卡瓦塔那儿到处都是森林。”

“灰猫头鹰”尽量用平静愉快的语气说道：“也许吧，也许是真的，很快就会有森林，我们会摆脱困境，我对此也充满信心。”

“灰猫头鹰”想到了一个主意，可以向乘务员打听一下当地的情况，也许他知道点什么会告诉他，火车要把他们和小海狸拉到哪里。“灰猫头鹰”在报亭旁找到了乘务员。乘务员是一个乐观、心善的人。

他说："您的票到'科巴诺市'，您行李车中的所有物品也被运到这个地方。您不必太担心，我知道这个地方，不是那么糟。也许在那里打猎不太好，这一点我说不好，但是那里的人很好。"

他想了想后，又接着说道：

"如果您要找的是森林，那么，那儿的森林简直太多了……但糟糕的就是森林太多了！"

"怎么样？乘务员说了什么？"阿纳哈雷奥看到丈夫回来，问道。

"他说那里的森林太多了，""灰猫头鹰"说道，"瞎说吧，他可能把几英里的杨树苗说成森林了。"

车窗外，农场、城市、公路纷纷闪过，两个可怜的印第安人紧挨着坐在长椅上，心情压抑地凝视着这个与他们心爱的北方家乡完全不同的地方。车厢里的印第安人就像是困在岸上的两条鱼，脚边的两只小动物是他们与家乡山水之间唯一的联系，而且从来没有像现在这样让他们感到如此亲切。

在印第安人看来，不是两个人和两个动物在旅行，而是四个朋友在异国旅行和流浪。他们在"里维耶尔－久留"换乘了另一辆火车，尽管从这里火车开始像指南针一样笔直地向南行驶，但窗外的景色变得更加舒畅：远处出现了被森林覆盖的紫色山丘，时不时有波光粼粼的湖水闪过。但是，同时，漫长的旅程开始严重损害小动物们的健康。

幸亏可爱的乘务员默许他们违反火车上的规定，放"小乘客们"

出来。因为车厢里乘客很少，几乎是空的，所以，小海狸可以随意在过道溜达。之后，乘务员还建议两个人带小海狸去货车厢，那里的空气更新鲜。旅行者们听从了这个建议，搬到了货车厢。他们喂小海狸喝了直接从冰箱里拿出来的新鲜水，小动物们喝饱了水，变得活泼起来。它们总是这样：相比食物，水和新鲜空气对它们而言更重要。还有令人感动的事，魁北克老城人的高尚品德在火车上充分展现了出来：火车乘务组人员在得知小海狸和乘客们一路上几乎没吃东西后，非常担心，他们拿出了自己大部分的午餐来款待乘客们。由此，两个印第安人和两个动物都美美地饱餐了一顿。

这种友善的态度和特米斯卡瓦塔湖的景色让人心情豁然开朗。湖岸上高高的绿色山脉，就像水和空气滋养了海狸一样，也滋润了人心。快到目的地时，他们看到从湖的东部开始，放眼望去，终于有了真正的森林。

到了科巴诺，“灰猫头鹰”把所有的装备都搬到了货车上，货车向湖边开去。城市很小，但是，很明显，这是一个森林城市。没错，湖岸边都是农场，然而越过湖，远处有许多印第安人喜欢的地方。他们的心情变得更加愉快，但心里还在焦虑：仅剩一个月的食物，在没有猎捕到动物之前，他们需要坚持到冬天过去，要靠狩猎预付款度过这段日子。因此，在给货车主付了车费后，“灰猫头鹰”数了一下剩下的钱，然后就全部放回了鹿皮夹克口袋里。他的所有资产只剩下一美元四十五美分。

XIII. 世外小城

科巴诺市是典型的法式加拿大村庄，村庄大而辽阔，坐落在长满古树的山体的迎风侧。这里没有城市的冷漠，不会把客人吓跑；这里阳光明媚，人们脸上没有城市居民常有的饱经风霜的悲苦表情；甚至人行道两旁一排排的树木和朴实优雅的房屋也传达着主人们的善良。

这座城市的主要景点当然是锯木厂，没有它，这座城市根本没有存在的意义。山上高高耸立着一座石头教堂，好像所有居民都处在它的庇佑之下。

“外来人”推着装载他们所有财产的手推车穿过城市。他们遇到了很多人，所有人说的都是法语，根本听不到有人说英语，“灰猫头鹰”在欧洲战争时学到的大约四十个法语单词正好派上了用场。

他听出有人在说：“印第安人！野人！”

显然，遇到的每个人都对印第安人感兴趣。尽管他们十分好奇，甚至特别关注外来者，但是没有做出任何不礼貌、惹人厌烦的行为。相反，出现了这样的场面：有一次，一群人站在人行道上热闹地说着话，一时忘记他们堵了路，恰巧印第安人走到这里，他们突然看到印第安人，猛然回过神来，然后，女人们点着头，男人们鞠着躬，立即纷纷退让。

远处的湖东岸是一望无际、人迹罕至的茂密森林。在密林深处有一个图拉迪湖，它是通向“鸟兽不惊的王国”的大门。去那里！一定要尽快到那里，在森林旁扎营，休息休息，恢复一下体力！在森林里狩猎回来的人通常会尽快到酒店洗个澡，在餐馆点一份午餐，而这些印第安人却想尽快逃离条件优越的城市，钻进密林里寻找安适的地方。

湖面上波浪汹涌，坐在渡轮上的乘客开始替印第安人担心：脆弱的独木舟能经得住这样的风浪吗？但是，印第安人很快就向他们证明了独木舟不仅可以在平静的水面上航行，还可以在其他船只无法通行的地方航行。

“圣约翰”号渡轮就像这个国家的所有东西一样，以圣徒的名字命名。渡轮需要航行一英里才能到达湖的对岸，它是连接科巴诺市和另外一个更小的城镇定居点的交通工具。这个定居点里住着大约一百户人家，因为位于图拉迪湖湖边，所以乘独木舟也可以到达。于是，旅行者们计划快点儿到达图拉迪湖，他们把所有物品都放到“圣约翰”号渡轮上托运，自己则划着独木舟，与渡轮同行。

小海狸离开水太长时间，现在终于获得了自由。但是，看到巨大的水面后，它们反而不敢下水了。它们只是沿着湖岸奔跑，时不时地跳入水中，很快又重新回到岸上。过了一会儿，从拐弯处传来了人们的呼喊声，原来是那些警告印第安人不要在水浪汹涌的湖面上航行的人。因为独木舟从他们的视线中消失了，所以他们非常担心，以为发生了不幸。其中一个人用流利的英语对旅行者们说，他们很高兴看到这次航行圆满结束。

可以想象，这种友好的关注给这些孤独、与悲观的预感斗争得筋疲力尽的人留下了怎样的印象！“灰猫头鹰”甚至觉得他的喉咙好像被什么东西卡住了，一时间竟说不出感谢的话来。法国人纷纷打开手里的篮子，开始往外拿饼干、三明治和糖果，嘴上说着让人无法拒绝的话，巧妙地让印第安人安心地接受礼物。阿纳哈雷奥的眼里泛着泪光，眼泪差点儿掉下来。这时，突然有人大喊：

“海狸！”

小海狸从水中游到了岸上，站在岸边观察着周围的一切。

“看这些可爱的小家伙！”女人们大声喊着，弯下腰抚摸它们。

但是不知为什么，女人们突然被吓得向后跳开，她们在前面跑，小海狸在后面追。然后小海狸也被吓到了，跳入湖中，尾巴拍打着水面，水花溅到岸上人的身上，所有人都兴奋起来。这是在特米斯卡瓦塔湖湖岸上愉快游玩的一天，唯一美中不足的是，“灰猫头鹰”怀疑这群欢乐的人群，是不是把这些来访者因为突然被关注而表现出的不知所措，理解成印第安人的愚蠢了？

这些可爱的人在回城时，恳求印第安人用印第安语和英语写出他们的名字留作纪念，并画上自己的吉祥动物。阿纳哈雷奥满心欢喜地画了一匹小马，而“灰猫头鹰”在画猫头鹰时，想尽量把它画得庄重些，结果弄巧成拙，因为画得过于庄重，猫头鹰看起来很僵硬……但这群人非常满意这个艺术作品，给他们留下了满满一箱饼干和一瓶红酒作为晚餐，嘴上说着“不要忘记我们”，然后就离开了。直至走出很远，还能听到他们的声音。

寻找神奇动物王国的人们身上的沮丧和孤独感顿然消失！善良的人们无法理解，他们的关心给这些身处困境的人带来了多少温暖。送走了愉快的“客人”，旅行者们整理了一下激动的情绪，开始飞快地收拾散落的东西，搭起了帐篷。在这个陌生的地方，以防万一，他们还给小海狸搭了一个畜栏。

湖水不再汹涌，平静的水面上出现了一位访客，他把抓到的几条小鳟鱼作为礼物送给了森林里的流浪者们。他看起来完全不懂英语，因此什么也没说，只是站在船上微笑着，鞠着躬把鱼递过来。“灰猫头鹰”尽力说出了他所知道的法语中各种场合使用的礼貌用语，想表达自己的感谢之情。在“灰猫头鹰”看来，这些话是最正确和最恰当不过的，但客人，很明显，什么也没听懂，只是微笑着点头。

“真好笑，”“灰猫头鹰”最终尴尬地对阿纳哈雷奥说道，“我说的法语没毛病，他呢，是不想听懂自己的语言。”

“好，你再试一下！” 阿纳哈雷奥回答道，“把你会的法语都说出来，他一定会明白。”

“我没说错呀？我说的是法语，好像说得也对。”

“你说的什么鬼法语！”阿纳哈雷奥用英语说道。

听到英语，来客突然高兴起来。

“太好了！”他用标准的英语对“灰猫头鹰”说道，“是我的错！不知道为什么，我以为你们只会说印第安语。”

阿纳哈雷奥真的猜对了，法国客人以为“灰猫头鹰”说的法语是印第安语，所以当然没听懂。

印第安人在特米斯卡瓦塔湖边营地逗留期间，有很多“客人”划船到访，其中甚至有他们当地的重要人物。而且，很显然，吸引他们来看望印第安人的不仅是出于人人都有的好奇心！可以看出，作为这里的主人，他们把安顿好外来客人看作自己的责任，要让客人们在异国他乡尽可能感觉自己像在家里一样。“客人们”带来了礼物：有人拿来土豆，有人带来葡萄酒，还有人给了他们一些或许可以结交的人的地址。来自邻近城镇的一位皮毛商人还提议将小海狸卖给他，出价很高，这足以维持他们新年之前的生计。不管怀着什么样的目的——好奇心、交易还是友善，几乎每个人都很礼貌，而且很周到。

当然，也曾发生过一两件不愉快的事，否则谁会相信存在没有任何麻烦的故事。但是，总的来说，法国人的态度很友好，这完全出乎“灰猫头鹰”的意料。确实，1917 年至 1918 年间的法国逃兵让他经历了太多痛苦。那些逃兵像洪水猛兽一样凶猛，毁掉了加拿大的森林，猎捕动物，售卖皮毛，几乎把所有的野生动物洗劫一空。这些法国逃兵性情善变，受到刺激后很容易变成令人作呕的动物。在和如此不堪的法国逃兵打过交道之后，“灰猫头鹰”幸运地遇到了魁北克严格遵守三百年贵族传统的法国人。生活在优越条件下的这些人，似乎与世隔绝，保留了自己的自然品格。“灰猫头鹰”不用去想他们实际上是什么样的人，以及他们内心深处如何看待在森林流浪的印第安人，因为这些对他而言没有任何影响。“灰猫头鹰”在他的家乡，在那些被毁的森林中，以及在“文明人”挑起的战争中品尝了太多的苦味，如果有人带着笑脸来找他，他就已经感觉很欣慰和释然了。

XIV. 灵丹妙药

只要印第安猎人出现在北部皮毛贸易区的某个地方，那么，倒卖皮毛的投机者就会争着为他们提供食物和长期贷款。但是，特米斯卡瓦塔这里没有人想到还有这种交易，城市里甚至没有任何经营皮毛买卖的机构。由此可以推断，当地的店主对发放狩猎预付款等操作一无所知。

狩猎期临近，秋叶已经在空中盘旋。“灰猫头鹰”还是想不出办法，到哪里可以弄到钱？他们暂时能做的就是收集一些可靠消息，深入了解一下整个地区，好过听信乔的花言巧语。他们得知，森林从“象山”山脊开始绵延，然后从发源自图拉迪湖的图拉迪河的河口一直延伸到新不伦瑞克省，几乎到了大西洋。所有这些都很好，只是乔先生那些吸引猎人来到这个遥远地方的生动故事里描绘的景象和实际情况大相径庭。

这里没有狩猎区，也没有船队，只有一个小屋。动物们根本没有给当地居民造成任何伤害，只有鹿偶尔会吃掉一些干草。至于食人猫，或许是某人的曾曾曾祖父见过……但是，不必纠结于真相，它只会勾起才华横溢的叙述者再次向某个容易轻信的听众重复他的传奇的欲望。在一艘爱尔兰轮船上，一些对周围地区非常了解的当地人告诉“灰猫头鹰”，在离这里四五十英里的地方，可能会捕到一些水貂、狐狸和落单的水獭。

他们确定这里有海狸，而且几个海狸家族之间相距甚远。猎捕这些海狸可以缓解眼下的困境，但“灰猫头鹰”曾发誓不再猎捕海狸，他不能违背自己的诺言。在所有不争的事实中，有一点很清楚，哪怕条件艰苦，“灰猫头鹰”也要兑现自己不猎捕海狸的庄严承诺。他心里关于创建海狸保护区的想法一直没断，这个念头让他热血汹涌，对未来满怀憧憬，并积极进行筹划。确实，没必要沮丧，不是只有海狸有好的皮毛，还可以猎捕其他皮毛动物为生。

这就是所有猎人的生活和行为方式。他们在狩猎时付出很多劳动，一生经历丰富，享受过快乐的生活。无论他们往银行卡上存过多少钱，是多，是少，结果几乎都是一样的。“灰猫头鹰”走南闯北，从未见过有猎人年老时可以靠积蓄过上安稳日子，即使他们曾经很努力地工作。有森林，有动物，还不算太糟！但是现在，“灰猫头鹰”又有了新的担忧。不知为什么，小海狸身上的毛突然以惊人的速度脱落。它们日夜不停地摩擦、抓挠，身上有些地方甚至连皮带毛被扯了下来。很快小海狸变得像蛇一样全身光秃秃的，只有背部中间抓不到的地方还剩下像马鬃一样的一撮毛。小海狸的这个样子有些像历史书中剃光头的印第安人。正好阿纳哈雷奥的一个亲戚特别喜欢把自己弄成这个样子，因此，“灰猫头鹰”和阿纳哈雷奥开始戏谑地称小海狸为“小易洛魁人”。

但是，小海狸的病根本不容小觑。“小易洛魁人”变得焦躁不安，拒绝进食，怕水——所有迹象都表明小海狸的状况非常糟糕，只能找医生来看看。医生在给小海狸做了检查之后，建议更换食物，因为，按他的说法，燕麦粥会使小海狸身体里的血液过热，甚至可能导致它们死亡。小海狸的情况并不乐观：冬天快到了，它们身上没有毛可以保暖，太危险。医生留下了一罐舒缓止痒的药膏，并建议喂小海狸吃幼儿配方食物。医生没有收取任何费用，他用标准的英语一字一顿地说道：

“我是老兵，从来没要过战友的钱。生病了就来找我，不需要任何费用。我永远是你们的朋友。”

遇到这么善良的医生，真是太幸运了！“灰猫头鹰”手里总共只有三十美分。他带着所有的钱去了商店，希望可以用这些钱买到幼儿配方食物。正是在这一天，他终于决定要借钱，在哪里借都行，只要能借给他们就行。

“七十五！”店主一边拿货一边说道。

“灰猫头鹰”看了看“药”，心想，这么好的药，店主说的可能是七十五美元。湖岸边两只不幸生病的小动物正等着这种“药”救命。当人身处绝境、无路可走时，他的勇气就会被激发出来。

“可以借贷吗？”“灰猫头鹰”问道。

“灰猫头鹰”摆出一副完全值得别人信任的样子，尽管内心深处，他感觉自己好像正在倒下，倒下的同时还受到了最后一击。

“当然可以，先生，您还需要什么？”

“灰猫头鹰”不敢相信地把头转向阿纳哈雷奥，他现在觉得，阿纳哈雷奥的法语听力比自己好。

“他说什么？”“灰猫头鹰”问道。

“还要别的什么吗？”店主又问了一遍。

“灰猫头鹰”吃惊地并紧手指，摸了摸柜台，左右脚紧张地倒换了一下。此时此刻，如果他能背诵出一段祈祷文，他一定会脱口而出。这时，店主已经有些不想再问客人还需要什么了，而“灰猫头鹰”也终于意识到，他现在要抓住机会。

“很快，”他说，“我要去‘图拉迪河’狩猎。我需要过冬的食物。”

“去河的哪个位置？”

“霍尔顿支流。”

“那是一个迷人的地方！”店主说道。

除了霍尔顿支流，“灰猫头鹰”对这片地区一无所知。之后，店主拿出一本订货簿和一支铅笔，开始写下“灰猫头鹰”所需的所有物资。最后，“灰猫头鹰”在离开商店时，不仅有了过冬的物资，手里还握着一百二十美元的借款。

走在大街上，阿纳哈雷奥情不自禁地说道：“今天，我们必须开一瓶香槟庆祝一下。”

回到营地后，印第安人看到小海狸还像他们离开时那样，可怜兮兮，不声不响，浑身光秃秃，虚弱无力地躲在角落里。生病之前，每次分开后再见面时，它们都会高兴地蹦蹦跳跳，样子滑稽可笑，现在却是这般凄惨的样子！即使打开了畜栏，它们也不想走出来。夫妇二人将药膏涂抹到长满疥癣的小海狸的身上：药物刺激了皮肤，它们开始更加频繁地抓挠，这样，药膏更好地渗入皮肤里。之后，他们喂小海狸吃煮好的幼儿配方食物。海狸是那种不能用武力胁迫做任何事情的动物，因此，看到小海狸闻了闻食物，反复尝试后开始进食并吃了很多后，“灰猫头鹰”和阿纳哈雷奥都松了一口气。

就在当天傍晚时分，小海狸的状况明显好转，它们又吃了很多幼儿配方食物。几天后，它们的精神几乎恢复到了以前的活跃状态。很少有动物能够像海狸一样恢复得这么快。根据最近一段时间积累的经验，“灰猫头鹰”得出结论，之前的喂养方法差点儿害小海狸丢了性命。不到一个月，它们的毛就长了出来，甚至偶尔表现出来的暴脾气也没有了。这是后话了。收到预付款后，“灰猫头鹰”只给了小海狸三天的时间用来恢复体力，他将二分之一的储备食物装进独木舟，然后在一个晴朗的秋天的早晨离开了营地。空气中寒气逼人，水面上弥漫着淡淡的雾气，金色的、深红色的树叶飞舞着。勇敢的“四个人”越过山峦，驶向遥远的森林，去寻找“鸟兽不惊的王国”。

XV. 冷水浴

这条河不深，而且没有太多那种加拿大北部森林居民驾轻就熟的急流和暗滩。河水很浅，要站在船上用船杆撑着水底前行。当然，这样划船没有任何特别的难度和危险，但是，对“灰猫头鹰”这种技术高超的船夫来说，在独木舟上站立数小时也是一件非常令人厌烦的事。

他们要划着超载的独木舟逆流而上，所以通往图拉迪河的八英里路程耗费了整整一天的时间。到了图拉迪河，“灰猫头鹰”终于可以坐在船里正常、愉快地划桨了！

第二天中午，旅行者们驶过一段平静的水域，来到了一个小村庄。他们要在这里打听清楚接下来的路要怎么走。在村边居住的人们对世界的所有了解仅限于他们的小农场以及牧师的教导。那些被称为社会进步人士的人都是善良、热情、积极进取的。其中有一个人甚至非常具有冒险精神，他只有一只手，竟拆了一辆旧车，重新组装了一个摩托雪橇。此外，他还建造了一个小型电站，并在特米斯卡瓦塔经营着自己的渡轮。

路上遇到了形形色色的人：有人透过稍微打开的门窗看着路过的印第安人；有人看见印第安人后，瞪着眼睛好奇地愣在原地；

骑马迎面走来的人，掉转马头，与印第安人并排缓慢骑行，睁大眼睛盯着他们看。岸上有一个磨坊主的仓库，他们把粮食存在了那里。最后，经多方打听才知道，还要走三十多英里才能到“石溪”河口。

河的源头有一个湖，那里是大家推荐的适宜居住的好地方。听说，那里有数量不少的水貂、水獭和狐狸。此外，湖里还生活着一窝海狸，它们甚至可能是整个地区唯一的一个海狸家族。唯一的！听到这个消息，“灰猫头鹰”感到很恐惧。千辛万苦要去的地方却只有整个地区唯一的一个海狸家族！看来，越深入这个现实中的地理王国，鸟儿和野兽们就越急着逃向远处，他们距离那个“鸟兽不惊的王国”也越来越远。

从当地人那里得知，再往前，这条河便分成了两支，河水变得非常浅，水流速度很快。不用想就知道，超载的独木舟在这样的河里根本无法行驶。怎么办？只能沿着河岸的林间小路用马匹运输物资，运费十美元。可是，他们没有这笔钱。可能很多人会因为这样的意外而陷入绝望，但森林里的流浪者们从来没有因为什么事情绝望过，他们像所有生机勃勃、充满活力的森林生物一样，对生活充满了信心，他们相信终有一天，会有食物，会有钱，十美元自然也会有。

碰巧的是，当他们划着独木舟返回取没有带走的东西时，发现了一只正想要游到河对岸的红狐狸。它几乎已经到达对岸，但是，激流中突然出现的一条独木舟让它惊慌失措，就像跑到公路上的鸡面对驶来的汽车，它本应该跑向离它更近的公路对面，却慌不择路，沿着从距离较远的原路返回，最终被碾压在汽车车轮下。所有动物在遇到危险时，出于本能都会马上趴下，而人类自己似乎也在遵循这一自然法则，在危险时刻会想着回到故土。红狐狸只需再做一点点努力就可以上岸逃脱，但是突然看到独木舟，它吓得掉转方向往回游。然后，猎人很轻松就赶上了它，把它抓住，装到了麻袋里。这只被活捉的红狐狸正好可以卖十美元，解了印第安人的燃眉之急。

购买红狐狸的商人就是那个曾经想买小海狸的人。考虑到印第安人开始卖动物，他又提到要买小海狸，并将价格提高到一百美元，现金支付。商人非常执着，要摆脱他非常困难，但小海狸不能卖。现在，小海狸尽管由于缺乏运动，尤其是很少游水，尚未达到正常体重，但是每只已经重达八磅，牙齿也没有因为身体发育不良而受到影响。它们的个头已经超过铁皮箱子，如何运输它们成了难题。因为箱子里太挤，有一次，小海狸掉到了湖里，印第安人不得不耽误了将近半天的时间，一直等到它们自己决定返回独木舟。地面上已经有积雪，平静的水面开始结冰，要赶时间，哪怕半天时间也不能再浪费了。

于是，他们想出了一个“绝妙的主意”：将小海狸放进长方形的铁皮炉子里，当然要把炉口封严，炉门锁紧。人们通过烟囱口给小海狸喂食，喂食前，总能听到从那里传来的熟悉的拉长音的高声叫喊。这个巧妙的发明是印第安人所有尝试过的运输工具中最方便的：晚上，当主人需要用炉子时，小海狸钻入了水里；白天赶路时，小海狸躲在炉子中，不会增加多余的重量。小海狸很快适应了这个炉子，乖乖地在“铁皮房”里的树枝床上睡觉。但是，由于这个天才的发明，印第安人差点儿永远失去了自己的最爱。事情是这样的。

印第安人决定在河口安家。在安排好将物资绕道运送到河口后，他们划着独木舟出发前往河的上游。已经有过几次初寒天气，严寒的冬天眼看就要到了。独木舟上很快就结满了冰，包着铁皮的船桨上结了厚厚的一层冰，船桨像根粗木棍，落在水面上溅起的水花在独木舟的船舷上结了一大块冰，而船底变成了溜冰场。在这种情况下，站在光滑的船尾用船桨划船很费力气。船上只有一些生活必需品，以及小海狸的食物和用品。这些东西，包括独木舟，随所有物资一起运走更方便，印第安人可以轻松地自己走路前往。但是，他们心里似乎有一种神圣的情感，这份情感不允许独木舟被羞辱，不允许在一条完全可以通航的路上把独木舟底朝天地拖在地上。然而事实证明，在水上也可以令独木舟蒙羞，甚至比在陆地上更让它难堪。

那是在一个水流湍急的地方，“灰猫头鹰”用力向下压住船桨，突然，他脚上穿的已经结冰的软底鹿皮鞋像溜冰鞋一样在独木舟的船底一滑，整个人站立不稳，一下子栽入了河里。落水的同时，“灰猫头鹰”想到了人这样落水很可能把独木舟带翻。确实，由于强大的推力和水压作用，轻巧的独木舟里迅速灌满了水，船逐渐倾斜，然后底朝天翻了。阿纳哈雷奥及时跳入了水中。水中的两个人立刻想到一个可怕的后果：冰冷湍急的河水会带走锁在“炉子铁牢”里的小海狸。它们被牢牢地锁着，根本无法逃脱……

箱包一个接着一个地慢慢浮出水面，摆脱重负的独木舟也很快浮了上来。流浪者们无暇顾及这些，他们站在冰冷、齐肩深的水中，用脚摸索着水底努力站稳。阿纳哈雷奥差点儿摔倒，但幸好保持住平衡，又再次站了起来。怎么办？毕竟，小海狸突然被浸在水中，会像其他动物一样被淹死，而且时间已经过去了很久。但结果呢？也许是事情发生得太突然，或者是河水过于冰冷，印第安人脑袋发蒙，否则怎么解释接下来发生的事？他们突然清醒过来，看到自己疯狂寻找的装有小海狸的炉子就抓在手里，水正源源不断地从炉子里往外淌。

“它们还活着，它们还活着！”阿纳哈雷奥醒过神来，尖叫着。

但是，“灰猫头鹰”没有任何反应，他呆呆地站在水里，手里紧紧抓着油桶盖的拉手，而装满油的桶和盖得紧紧的油桶盖就在他眼前随着河水漂远了。气温降到零下，水冰冷刺骨，他们的双腿都被冻麻木了，因此“森林行者们”很容易失去平衡，被急流卷走。船翻的地方距离岸边很近，大约有二十五米，阿纳哈雷奥借助船桨，非常安全地到达了岸边。她放下炉子，炉子里面的小海狸一直慌乱地疯狂大声尖叫着。之后，她又三次跳入水中，在冰冷的激流中打捞出很多东西。“灰猫头鹰”更强壮，并且经验丰富，他顺利救回了独木舟。

好在这次事故对独木舟的损伤不大，它还可以继续为主人效劳：只是船体表面受损，防水层完好，还可以继续航行。印第安人顾不上相互祝贺他们的胜利，天气寒冷，周围的一切都冻住了，衣服也冻硬了，当然，他们自己也冻透了，毛还没长齐的小海狸更是令人担心。还好，包裹里的一些毯子是干的。“灰猫头鹰”将阿纳哈雷奥与小海狸一起包裹在这些毯子里，自己又小跑着收集了许多干草，生了火。不管怎样，麻烦过去了。没过多久，这些快乐而幸福的人就坐在火堆旁，等待着水壶里的水烧开，等待着平底锅里的鹿肉被煎熟。

这时，“潜水归来”的小海狸们舒服地躺在它们铁皮房子里的新床上，吃着主人为特殊情况准备的糖果，因为争抢糖果它们还吵闹了一番。除了一罐油和一包熏肉，事故中没有任何其他损失。他们甚至在距离翻船地点较远的下游找到了两块与洗衣板绑在一起的窗玻璃，玻璃奇迹般地没有碎。两个小时后，旅行者们继续前进，仿佛什么都没发生一样，唯一感到可惜的是浪费了两个小时，而不是预计用来吃饭的一个小时。然后，夜里他们又花了很长时间烘干被浸湿的物品，而他们的秃毛朋友丝毫没有入水的愿望，显然是游够了。小海狸们没有去游泳，而是将多余的精力用在了一项地面工程上，入睡之前，它们在土坡上挖了一条长长的隧道。

XVI. “愉快的工作”

第二天，印第安“朝圣者们”很早就到达了预定地点，雇来的车夫已经将所有物资卸了下来。可是，这里等着他们的却是一个令人沮丧的消息。据那些建议顺着溪流到达狩猎区和“白桦树湖”的人说，这条小溪长八英里——的确是事实，但他们忘了说小溪长八英里、宽三英尺、深六英寸[1]。小溪又窄又浅，独木舟在这里只能光荣退役了。从这里到湖边六英里远，路上积雪半英尺厚，雪太深，路难走，八百多磅的物资只好分批运送！命运跟寻找“鸟兽不惊的王国”的“朝圣者们”——幻想建造海狸家族保护区的创造者们，开了一个实实在在的玩笑。

如果路面平坦，那么这点活对像“灰猫头鹰”这样的专业搬运工来说根本不值一提。但是到达湖边经过的所有地方，到处都是倒木和砍伐森林后留下的各种垃圾。走这样的路，运送如此庞大的物资，太难了。但是，又能怎么办？不得不完成这项考验人的耐心

---

1 英寸，英制旧长度单位，1英寸约等于0.025米。——译者注

和毅力的西西弗斯的劳作[1]。“灰猫头鹰”将所有东西运到了对岸，在夜幕下把它们归置到一个僻静的地方。为了避免春汛时泛滥的洪水把独木舟冲走，“灰猫头鹰”将它藏到了高处。第二天，他把捆好的皮带解开，准备背东西，“愉快的工作”开始了。

一次只能背一百到一百五十磅物资，因为一直要爬过倒木，穿过难以逾越的灌木丛，还要蹚过厚厚的积雪，所以每走一步都很艰难。印第安人通常在走了六到八分钟后选择一个合适的地方卸下物资。在负重的情况下，这是一个人为了保存体力减少消耗可以走的时间的极限，同时，在返回来取下一部分物资的途中，可以恢复恢复体力。印第安人认为，相比于将较少的物资一次性运送到终点，这种方式可以更快、更多地运送物资。

这些寻找幸福国度的探索者手脚并用地爬过光滑的树干，穿过纠缠在一起的灌木丛，掉入积雪覆盖的坑中。他们一整天都在路上，背着物资，卸下物资，来来回回不说话，不休息，只在中午吃了顿饱饭，喝了口饱茶。夜幕降临时，他们终于回到了营地，身上的衣服已经被汗水浸透，他们疲惫又饥饿，脸上的神情却是满足的——一天的工作顺利完成，他们把八百多磅的物资向前搬运了半英里。

---

1 西西弗斯，传说中的古希腊国王，被众神惩罚，要求他把一块巨石推上山顶，巨石每推上山顶就又滚下山去。西西弗斯的劳作即是指一件无效又无望的劳作。——译者注

XVII. 幸运的发现

第二天的工作就不是那么容易了：森林里的障碍物太多，即使没有负重，返回的路上也得不到休息。有时，在树木被采伐过的地方也完全无法通过。于是，他们沿着小溪走，从一块石头跳到另一块石头上，或者走在冰水中。最后，为了不浪费时间，不得不牺牲一天的时间铺了一条路。第三天快要过去的时候，他们才在小溪旁发现了一条废弃的小路，步行的困难有所缓解。没错，他们只前进了一英里，但是现在情况好多了。

他们甚至想到合理分配劳动强度：把所有的包裹分成比较轻的和比较重的，背负比较轻的包裹时，路上停歇的次数减少，而且能提前为背负重物侦察路线。到了第四天，营地连同所有的财产被搬到了离最初的地点很远的地方。到了晚上，需要搬运的东西又大大减少了：三麻袋土豆中有两袋已经被冻坏，另外还有五十磅的洋葱也被冻坏了。所以，现在有两百多磅的东西不需要再背了。不管怎么说，这也算是一种慰藉。可惜的是，愚蠢的土豆五天前怎么没被冻坏！

眼前的景象表明，整个地区不久前还被大片森林覆盖，因此可以让人心生希望——附近马上就会出现未被砍伐的森林。如果出现一些皮毛动物出没的痕迹，那么“灰猫头鹰”会更高兴。遗憾的是，除了看到非常多的鹿脚印，周围没有其他动物的足迹。不管怎样，鹿多也不是坏事，这意味着猎人可以有充足的新鲜肉吃，而饱食的人应该有好运。难道不是这样吗？

小路附近有一座古老的木头营房，旅行者们可以在里面躲避恶劣的天气。在这座营房里，他们发现了一个容量超过一百升、完好无损的桶。这一发现给疲劳的人们带来了很大的快乐：这个桶可以做小海狸的卧室，而且还有许多其他用处，比如，装东西很方便，赶路时，可以将食物和各种琐碎的东西放进去。自从印第安人离开小溪上岸后，小海狸就没有尝试过在夜晚漫游，也不和主人睡在同一条毯子下。它们每晚都头抵着主人的肩膀，鼻子贴着主人的脖子睡，如果主人稍微动一下，它们就会生气地从鼻孔里向外喷粗气，有时还打响鼻。连续几天的繁重工作让“森林行者们”不堪重负，他们很容易在熟睡时压在小海狸身上，把它们压死，小海狸自己也可能在毯子里窒息而死。这就是为什么捡到的桶让他们感到无比幸福：小海狸在桶里既安全又暖和，而且，由于桶的上部是有弧度的，小海狸应该很难在短时间内把桶咬破。

但是，小海狸刚被放入桶里时，因为无法看到外面，它们感到失去了自由，以为是被囚禁了，于是马上开始强烈地抗议，发出可怕的叫声！主人当然只能屈服，把它们从桶里抱出来。它们真是聪明的小家伙，很快就在桶的中间部位咬开了一个方孔。它们喜欢站在这个方孔附近，吹吹小风，聊聊天。它们有时从里面伸出手，讨要它们喜欢的油炸馅饼。它们还会从洞里探出身子，做着奇怪的手势，拼命地说着什么，它们的声音有时听起来简直就像人在说话！有时，它们脸上带着好奇的表情从方孔向外张望，就像站台上从火车车窗向外张望的人们一样。有一次，印第安人在小海狸的脸上看到这种表情，就不再叫它们“小易洛魁人”，而是改叫“移民”，这个昵称后来用了很长一段时间。

小海狸很快就爱上了小桶，并把它当作了自己的家。当它们想出去走走时，就把睡垫挪到有方孔的那面，然后踩在上面，跳到放在外面的箱子上，玩够了再按原路返回桶里。它们睡觉的时间很多,但是,它们知道醒来后如何弥补虚度的光阴——它们太顽皮了！此外，小海狸的自我意识强烈，固执、坚持不懈，不达目的不罢休。这些特性表现在所有做的事情上，哪怕是翻腾杂货柜的抽屉、偷走生活用品这样的小事。所有阻碍只会唤起它们更大的决心来完成未完成的“事业”，并把大量的想法付诸行动。帐篷里杂乱的物品为实现这些目标提供了机会。如果它们在很小的时候就有如此惊人的举动，那么将来，当它们变得更有创造力时，惊喜会接连不断吧！

XVIII. 穿越深渊

小海狸们的憨态可掬、吵吵闹闹和喋喋不休为远离家园的印第安人的生活带来了欢乐。就像现在这样，它们已经深深地融入了主人的生活。可以想象，意外失去它们后留下的空虚是多么的难以填补。现在，印第安夫妇有时甚至开始想知道，在结束搬运东西这么繁重的劳动后，听不到小海狸迎接他们时的欢快刺耳的尖叫声，他们该如何生活？回家路上，他们讨论、猜测小动物们在主人不在时又搞出了什么新的恶作剧，并以此为乐。但是，小海狸的创造能力永远超出主人的想象。

一开始，小海狸淘气的恶作剧并没有给主人带来太多乐趣：炉子被推倒了，盘子不见了，刚做好的烤饼被咬成奇形怪状。所有这些，最终只是让人震惊之后就被忘记了。总能令人感动的是动物之间对彼此的依恋，以及它们对人无条件的依赖。有时，它们对主人的温柔和顺从似乎与它们对待其他事物的态度迥然不同。通常，它们对待主人就像对待自己的同类一样，但对所有干扰它们生活的外来入侵者都充满了敌意。

有一次，一只银鼠想溜进帐篷，结果被一只海狸发现了，然后被一巴掌赶了出去。还有一次，“灰猫头鹰”把一大坨鹿肉拿到帐篷里解冻。小海狸把这个“野味”假想成了敌人，整夜都在与之战斗。很难想象还有其他动物能够如此迅速地适应新环境，只能说，小海狸在恶劣的条件下快乐地生存下来。当然，它们和人一样，是需要水和土地的生物，但是如果没有太多的水，那么，它们也可以满足于巢穴附近放的一碗水。奇怪的是，不能将水桶放在离它们太近的位置，而是放得越远越好，因为它们把水桶看成了冰洞，喜欢跳进去，然后麻烦就来了。

小海狸无法从至少一英尺厚的积雪下挖出枯枝落叶，就在炉子附近收集干树枝，并把它们咬碎成刨花，絮在窝里。一旦营地转移到另一个地点，它们就自然也要投入安置新家的工作。它们在使用现有材料的能力方面毫不逊色于人类，它们建造路障，做温暖的褥垫，有时，如果天气不是很冷，它们还会拽下嫩杨树树枝带回家充当食物。人与动物都在工作，他们常常碰到一起，很多时候，人不得不手里抱着大堆柴火或拎着一桶水站到一边，给同样负重的小海狸让路，看着它们把东西拖进帐篷。

小海狸完全适应了这里的气候条件。天气暖和时，它们围着帐篷跑，并且从不跑出安全范围。如果天气寒冷，小海狸就待在小桶里，堵住方孔。这时，主人通常盖上桶盖，然后就不用再担心它们了。天气变得异常寒冷，到了晚上，烤饼被冻得结结实实。雪越积越厚，但是仍然无法滑雪：背负重物在砍伐过的树林里滑雪，再好的滑雪板都会被弄断。工作的难度迅速增加，在雪地上收起或撑起帐篷成了一种痛苦的折磨，这种痛苦远远超过背负重物。生火时，帐篷上的雪不断融化，炉子一熄灭，被雪水浸湿的帐篷就被冻住了，冻得像木头一样坚硬，折叠起来很难，就像把铁片卷起来一样。连续不断的繁重工作对人的身体造成了巨大伤害，阿纳哈雷奥已经筋疲力尽。“灰猫头鹰”借口需要整宿给小海狸烧火取暖，终于说服她不背重物。谢天谢地，周围到处都找得到易燃的柴火。

很快，秋季的狩猎期临近了。“灰猫头鹰”设置了很多陷阱，这样，至少也能捕获一两只猎物。但是，没有动物落入陷阱，也不可能有猎物被捕获，因为自从“森林行者们”离开村庄，就没有看见过任何动物的脚印，也没有发现任何皮毛动物逗留过的痕迹。看来他们是轻信了未经证实的谣言，这次远行似乎越来越没有希望了。唯一让他们感到欣慰的是，在背负重物辗转的十天里，他们探索的只是这片地区相对来说很微小的一部分，这样，人还可以抱有一线希望——前方一定会有动物出没。

有些天，他们只向前走了几米，因为现在只有“灰猫头鹰”还在工作，再加上恶劣的天气和道路不通。“灰猫头鹰”对行进的方向一度产生了怀疑，这条道路是通往“白桦树湖”吗？他向前侦察过，但没有发现任何“白桦树湖”的迹象。总之，前面没有湖，满眼都是让人绝望的断树根。显然是走错了方向！“灰猫头鹰”决定返回小溪，然后沿着小溪向北到达湖边，返回营地时，标出一条好走一些的路线。事实证明，往北走，地势迅速降低，还发现了湖泊地层。

“灰猫头鹰”沿着沼泽，穿过世界上最茂密的雪松林，来到了一个不到半英里长的狭窄水域。这里真的住着一个海狸家族，它们挡住了水的出口，把一个普通的沼泽“改造”成了湖泊。湖边是一片片的树林，树木没有被砍伐过。这是多么令人愉快的发现！穿过沼泽的那条路虽然覆盖着雪，但都是未冻结实的泥浆，这段路对负重的人来说是危险的。可无论如何，这条路是畅通的，没有倒木，至于沼泽，毕竟会一天天冻得越来越硬，变得越来越结实……

就这样，“灰猫头鹰”一边沿着这条路走着，一边想象自己正背着重物，小心翼翼地选择落脚点，并在需要的地方做上记号。“灰猫头鹰”又向前探了探路，然后爬上长满落叶林的山坡。他借助微弱的月光寻找捷径，终于爬到营地所在的平地上方的山顶。在这里，他停下来稍做休息。

周围月光惨淡，一片寂静。不祥的预感压在动物王国探寻者的心上。迄今为止，他的所有思想和情感都围绕着一些小事打转，但是作为一个过惯穷苦日子的普通人，他只是想要为自己创造更好的生活，寻找更完美的王国。也许在那里，他可以通过自己的努力创造出一个新的家园。他看见远处炉火照亮的帐篷，那里有他最珍惜的一切——这个世界上唯一真正与他亲密的，能够让他回想起过去宁静岁月的女人和动物——等待他归来的疲惫女人和两只失去母亲的海狸孤儿。“灰猫头鹰”想着：“难道我所有的梦想到最后只能是忍受着屈辱，像个穷人一样回到给予过我友好和信任的城市吗？”“灰猫头鹰”久久地凝望着远处的火光，那点光是如此微弱，却又如此勇敢，在被毁的荒野和密林中发出了苍白的光芒。“灰猫头鹰”心情沉重地走下山坡。

但是，回到帐篷里，“灰猫头鹰”看到的却是另一番温馨景象，一切都变得明亮而快乐。在炉火散发的温暖中吸口烟，身心放松的感觉真是太好了！炉火欢快地呼呼作响，炉身被烧成了红色，“灰猫头鹰”向阿纳哈雷奥讲述着白天的冒险经历：他如何找到湖，如何发现海狸巢穴，等等。这些对他们的旅行至关重要。这一天中他最满意的是终于探出了路，一条通向能够安置他们冬季家园的路。

渐渐地，“灰猫头鹰”完全忘记了他的不祥预感，开始讲述与阿纳哈雷奥认识之前自己生活中的各种好笑的事。阿纳哈雷奥在听到一个叫班加洛·比尔的怪人的怪事时禁不住大笑起来。这个人住在简陋的茅草屋里，在煎薄饼时，因为屋子狭窄，他只有将平底锅伸出门外才能把饼翻面。这个班加洛还有一件异乎寻常的趣事。他进林子里采蓝莓，采满了随身带的两个水桶，于是拎着水桶回家。路上，一阵龙卷风冲他刮来，他放下水桶，跑回了独木舟，然后躲在那里盯着装满蓝莓的水桶。就在这时，龙卷风接近水桶，将蓝莓吸了起来，两个水桶中的蓝莓像两根黑色的圆柱向上升起。班加洛在讲这个故事时，每讲到这里都啪啪地拍着膝盖说：“您一定不相信，龙卷风突然停了，蓝莓又落回了水桶里。是的，先生，一个果子都没少地落回来了！”故事讲完后，印第安夫妇哈哈大笑，笑声引起了小海狸们的好奇。它们从小桶的窗口爬了出来，开始在餐具之间打架，一个装盘子的桶被打翻。为了抢夺这些盘子，它们又进行了一场激烈的战斗。夫妇俩看着这一切继续开心地大笑着。

XIX. “灰猫头鹰”的旗帜

世上的一切有开始，就有结束的一天，甚至连“西西弗斯的劳作”也有做完的一天。就在夜幕降临之前，搬运工作完成了，彻底完成了。最后一磅，最后一包，所有的东西都放在了“白桦树湖”岸边。没有雪橇，“森林行者们”就在篝火旁做了一个类似雪橇的拖板。在某些地方，直到现在还用这种工具清除高速公路上的积雪。他们将营地的所有东西和桶一起放到这个拖板上，然后在黑暗中将其拖过危险的冰面，拖到了对岸。终于到了海狸居住的地方，也就是“灰猫头鹰”事先看好的安家的地方。

这个夜晚，追求幸福的人们在森林里进入了沉沉的梦乡，这么甜蜜的梦几乎很少有人体会过：明天，他们将不必在断树桩间行走；明天，捆绑重物的冰冷皮带将不会压在他们麻木的肩膀上；明天，在这里，在他们未来长久的居住地，将不再需要拆除冻在雪地上的帐篷；明天，将不会有艰苦繁重的工作。

深夜，所有人都沉睡着。“灰猫头鹰”醒了，他思绪万千，难以入眠。于是，他起身打开炉门，坐到炉光里，抽着烟，又陷入了沉思。从狭窄的炉门透出的光照在阿纳哈雷奥疲惫的脸上，这个女人勇敢、忠诚、毫不退缩地投身于与艰苦的磨难的抗争中，婚姻的纽带和责任感才可以与这种钢铁般的力量相比，这种强大的力量让两个人紧密相依，并肩战斗，战胜了无法想象的困难！“灰猫头鹰”回想着经历过的磨难，阿纳哈雷奥动了一下身子，迷糊中说出：

“我们再也不用在雪地里背东西了，不用了！完全不用了，我们到家了！”

“是的！”“灰猫头鹰”吐出一口烟，说道。

“我们到家了！”她又重复了一遍。

阿纳哈雷奥脸上带着微笑睡着了。“灰猫头鹰”抽着烟，想着下一步的计划。到了目的地之后，接下来怎么办？必须马上盖一间小屋，他们已经选出了最美丽、最心仪的地方，就在高大的松树林中那几棵优雅柔美的白桦树旁。起初，白桦树的美丽和周围壮丽的自然景色震撼着人的心灵，人类感觉自己就像可怜的小矮人。这广袤的森林有着令人着迷的魔力，让人忘记了“资产阶级文明”就在不远处的某个地方，距离这里只有几英里的地方已经是树桩和树枝乱布的、凄凉的森林废墟。但是，没有时间去遐想，尤其是没有时间去想文明的进程。十一月的第二个星期开始了，积雪已经超过一英尺，要抓紧时间施工。第二天，“灰猫头鹰”便开始了新的工作。

树木已经被冻硬了，用斧头砍很费力气。而且适合建房的树木离得很远，树木被砍倒后要用皮带捆住，再放到滑轨上拉回来。当然，在有合适的木材的树林里盖房子比较容易，但是，松树林里漂亮的白桦树实在太吸引人了，为了能在如此美丽的环境中生活，任何劳动都不足惜。可是，因为要从远处把木材运过来，所以房屋建造工程进展缓慢。此外，几乎天天下雪，每天早晨在开始工作之前，都要花费一段时间用铁锹把积雪铲干净。两个人一直在讨论如何设计房屋的正面，在哪里开门，在哪侧开窗户。窗户的位置选得最成功：朝着最美丽的那片树林。盖房工作在帐篷对面的湖岸上有序地进行着。

一天晚上，盖房子的人们回到家，发现木桶是空的，地上有两行凌乱、不知所措的脚印，每行脚印都朝向湖边。小海狸离开了很久，印第安人首先想到，小海狸可能感知到附近有同类，去找它们了。但是，这个假设是不成立的：小海狸的行迹表明，它们走的是相反方向，沿着湖岸往下游去了。海狸有非常好的方向感，本能会分毫不差地将它们带到需要去的地方。但是幼年海狸也许还不知道凭自己的体力能走出多远。因此，“灰猫头鹰”担心它们会去最后一次驻扎过的营地，那里恐怕有海狸曾经努力而未完成的工作。

一整天天气都很温和，但是到了晚上气温开始下降，路面上结了一层冰，冰面上没有留下任何痕迹。最糟糕的是，小海狸身上的毛只长出一半，走了这么长的路，它们无疑会被冻僵。但是，岸上凌乱的脚印表明它们没有明确的目的地，只想到处走走。夫妇俩弄不清楚小海狸的去向，只能用灯笼照亮道路，大范围搜索一遍。

必须尽快找到小海狸！天越来越冷，他们心急如焚地边走边呼唤着小海狸……最后，他们离家越来越远。在快到湖边的时候，他们听到一个微弱的回应，然后看到前面有一个小东西。正是那只雄海狸头冲着家的方向趴在雪地上！显然，它知道遇到了大麻烦，想回家，但力气用尽了，它甚至已经绝望到放弃了挣扎。阿纳哈雷奥赶紧抱起它，跑步回家，“灰猫头鹰”则继续寻找另外一只雌海狸。可是没过多久，他看到了两个人约定的灯光信号。返回后得知，另外一只雌海狸在阿纳哈雷奥到家之前就已经回来了，它躲在桶里静静地等待着主人和小伙伴。在进行鲁莽的探险之前，两只雄心勃勃的“冒险家”打翻了炉子，所以，主人花了很长时间才把帐篷里烧暖。此刻所有人都恢复了好心情。

从那天起，夫妇俩开始把小海狸放在木桶里带去工作，他们在木桶的附近生一堆火给小海狸取暖。尽管夫妇俩不惜力气地干活，但还是在整整十一天后才终于建成了能够居住的小屋。这段时间，由于霜冻，所有东西都被搬到了帐篷里，帐篷里变得拥挤不堪，环境很差。因此，当天晚上，他们就怀着巨大的喜悦迫不及待地搬进了自己的新住所。

小屋里冷得像个冰窖，因为小火炉产生的热量太微弱，对结冰的墙壁的作用不大，而且原木之间的缝隙还没有被堵住，有冷风吹入。用来塞缝的青苔已经准备好，但是必须先将它们融化。为了加快融化速度，“灰猫头鹰”把它们分成三堆放在炉子周围。曾经看过海狸筑窝的人一定会有这种感觉，仿佛海狸建造的房子拉近了人与海狸之间的距离——人们在它们身上看到了自己的影子或回忆起了真实的自我。现在，人们冬天在森林里建造的简陋小屋让人联想到了海狸的窝。

忙碌一天的人们睡着了，炉子旁的青苔在融化，小海狸从木桶里爬出来，开始巡视新屋子。它们很快感觉到房子四处漏风。小海狸本能地立即开始填补缝隙，它们拖着青苔忙碌着。当早晨人们醒来时，小屋的四壁都被完美地填补上了青苔，高度正好是小海狸可以够到的地方。像“灰猫头鹰”这样的人，也许在睡梦中都在为明天的工作做准备，可以想象，当他醒来时，发现小海狸已经完成了他要做的那份工作，这是多么的惊喜……

“灰猫头鹰”整整一天都在用青苔填满缝隙，给内墙抹上泥，然后从外面加固墙壁。阿纳哈雷奥做了一些架子挂在墙上，还钉了一张桌子，小屋被装饰得更加舒适了。当一切都完成后，勤劳的人们自豪地欣赏着自己的小屋：房屋四壁是光滑的加拿大红松原木，中间点缀着深绿色的青苔，烟雾袅袅地消散在高大松树的黑色枝丫之间。是的，他们看着房屋上空升起的轻烟，就像所有森林里的居民欣赏他们燃起的第一堆篝火一样。漂亮的房子令人愉悦，他们的心中充满了对美好生活的向往，想要在这里一直住下去。然而此时，房子里四面墙开始往外渗水，墙壁、横梁上都湿漉漉的，有水滴往下掉。但这并没有影响乔迁新居者们庆祝房屋的完工。唯一的遗憾是，烟囱有些狭窄，风小时，炉灶的吸力不足，所以会冒烟。但这是一个小问题，他们很快就用毯子把烟从敞开的门那儿扇了出去。除此之外，这所房子无可挑剔。

小屋建成后，“灰猫头鹰”运回了放在沿途备用仓库中的所有物资，储备了柴火，杀死了一只鹿并拖回家，然后开始察看整个地区。已经是十二月初，猎捕水貂的季节马上结束了（如果这里有水貂），只能指望猎捕一些貂鼠、狐狸和猞猁。“灰猫头鹰”开始寻找这些动物的踪迹。

“灰猫头鹰”只发现了几处少得可怜的狐狸脚印，其余的皮毛动物，不要说脚印，甚至连根毛都没找到。“灰猫头鹰”带着一块帆布和半张毛毯抵御恶劣的天气，还有一些茶、面粉、荤油和一杆猎枪。他越过山丘，深入谷地，走过曾经被海狸占领的草地，翻山越岭，追寻到溪流的源头。他有时要爬过沼泽地上纠结的灌木丛，越过一座座山峰，寻找动物的踪迹。他走到筋疲力尽，露宿在夜幕降临的地方，但这一切都是徒劳。

奇怪的是，即使这样，“灰猫头鹰”也没有灰心。在他看来，最艰难的时期已经过去。现在，他完全沉迷在这个神秘王国里，他想更多地了解它。他推断，不会比过去更糟，一切必然是朝着更好的方向发展。但是，“灰猫头鹰”错了。

融雪季意外且不合时宜地开始了，道路变得非常糟糕。潮湿、多云、寒冷、多雾的日子到了。雪被压实，不断下陷，粘在滑雪板上，令滑雪板几乎无法移动。随后又突然霜冻，树木都结冰了。雪上覆盖的一层冰，像玻璃一样在滑雪板下破碎。在这种“透明玻璃”上无论多么小心，仍然无法避免有塌陷的地方，身体会随之晃动，失去平衡，从而打乱滑雪的节奏。有时，冰层卡住了滑雪板，人会随着向前的惯性跪到地上。当然，在这种冰壳上找到动物脚印更是根本不可能的，即使动物在上面走过，也不会留下任何痕迹。

恶劣天气导致的这一切令这个北方人极为不快。在这个未知的新王国里，他不断想起北方遥远的家乡，那里有六英尺深的积雪，人在松软的雪上滑动，无声无息，像在有节奏地舞动。“灰猫头鹰”觉得，整个大自然都联合起来阻碍他实现自己的目标。他无法坦然接受这一切，于是他诅咒，全身心地诅咒这块土地。

怎么办？人总是准备诅咒那个唯一能够把他从自满情绪中抽醒的“树枝”。就算这根“树枝”在某种程度上对“灰猫头鹰”是有益的，可他也无法接受。毕竟，他想要拯救海狸家族的想法在这里最终破灭了，他只能放下或收起理想航船上的旗帜。湖的另一头有一个海狸巢穴，里面住着四只海狸。“灰猫头鹰”艰难地告诉自己，这就是实现伟大理想的开始。有这个小家庭和他们的两只小海狸就足够了，再也不需要别的什么。

但是，如何摆脱眼下的困境？似乎一切从一开始就已经冥冥注定。一天晚上，“灰猫头鹰”经过一番痛苦的思考后决定向现实妥协，他开始着手下一步的行动。“灰猫头鹰”感觉自己不是去狩猎，而是去执行死刑。他拿了一根凿冰用的尖头铁棍、诱饵和四个捕兽夹。捕一只海狸用不上诱饵和捕兽夹这两样东西，但是可以用两种方法一下子将它们全部捉住。阿纳哈雷奥站在旁边，帮忙把树枝递给“灰猫头鹰”，这些树枝会将猎物引入陷阱。她从心底感到不安，但什么也没说。经验告诉她，丈夫一旦决定做某件事情，恳求他放弃是没有用的。另外，也许在她的天性中根本没有请求别人这回事。

太阳快要落山了，冬日的阳光忧伤地照耀着被白雪覆盖的海狸小屋：春天到来时，这些海狸已经看不到太阳了。但是，“灰猫头鹰”拼命甩掉脑海中这些令人沮丧的想法，坚持布完了陷阱。顺利的话，两天之内就可以偿还债务。就在他要离开时，突然，从海狸小屋的深处传来了刺耳的尖叫声，似乎是小海狸的声音。“灰猫头鹰”惊讶地愣在原地。阿纳哈雷奥也听到了。

“和我们的小海狸的叫声一样。”她说道。

“是的，一样。”“灰猫头鹰”附和着。

再细听——有一个声音在抗议。整个海狸家族的生活场景在他们的脑海里清晰地展现了出来。

“一只正在吃东西，”阿纳哈雷奥说道，“另一只想抢走。”

之后是两只小海狸和好的声音，它们在喃喃自语或是满足地窃窃私语，牙齿咯吱咯吱地嚼着东西。

“树枝被抢走了，”阿纳哈雷奥详细地解说着，“现在，一只小海狸回到了另一只身边，它正在吃东西。”

“别说了！”“灰猫头鹰”突然说道，“为什么和我说这些？”

随后，一只海狸潜入水里，从新凿开的冰洞里有水涌了上来。显然，这一定是海狸妈妈。“灰猫头鹰”迅速冲向陷阱，将铁棍插入陷阱搅动，直到捕兽夹“砰”的一声合上了。然后他又飞快地破坏了其余三个捕兽夹。夫妇俩谁都没有说话，他们甚至躲避着对方的眼睛。收好东西后，他们默默地回了家。太阳还没有落山，阳光继续照亮着海狸小屋。“灰猫头鹰”心里的理想旗帜再次升起了。

XX. 麦金蒂和麦金尼斯

“灰猫头鹰”彻底停止了对这一地区的考察。考察结果让他大失所望，因为如果他不是在这个区域，而是在某些古迹中进行如此详细的考察和研究，都一定会有所收获。此外，对“灰猫头鹰”这样的滑雪艺术家来说，这里从来没有好的滑雪道。让“灰猫头鹰”这样的人停止游历，压抑着心中探索山林秘密的渴望，就意味着停滞，意味着在自省中无聊地打发时间。

幸好，小海狸是他的救赎。这段时间小海狸长大了许多，每只重十五磅，身上的毛厚实、蓬松又闪闪发亮。然而，它们的长大丝毫不影响它们像孩童那般与人相处。和以前一样，它们会爬到床上找主人。遗憾的是，它们的睡眠时间与主人的睡眠时间并不完全一致，尤其是早晨的时候，它们总是比主人起得早。主人假装睡着，安静地躺着，希望小海狸会渐渐安静下来，再次入睡。但是，显然小海狸喜欢看到所有人都早早起床，因此它们开始揪主人的眉毛和嘴唇，想尽办法骚扰主人，直到他们起来。因为小海狸，主人不得不睡在地板上，有它们在床上太挤，但不和它们睡在一起，它们又会一直尖叫，直到把它们抱到身边。当然，可以把小海狸像动物一样安置在它们应该待的地方，但是，它们清楚地明白人的所有心思和举动，况且，人和动物之间的关系亲密到人不想让它们受任何委屈。

小海狸会察觉到主人态度和情绪上的细微变化。它们总是在忙忙碌碌。比如，当主人整理床铺时，小海狸围着他们跑来跑去，拉走毯子，甚至抓起枕头急忙跑掉。当主人笑着或热烈地交谈时，它们也开始装模作样地聊天，表现出很兴奋的样子。和其他人一样，“灰猫头鹰”偶尔也会心情沮丧，这时，人往往不会在意自己说出的话是否会伤害他人。小海狸会察觉到主人的坏情绪，并尽量在这个时候不出现在他的面前。“灰猫头鹰”注意到了这点，就会控制自己的脾气。

猎人在三月的狩猎开始之前，有三个月的时间完全无事可做。这种“死气沉沉的感觉”让人无法忍受，幸亏有两个小动物——你永远无法猜到明天它们会搞出什么新花样。如果说多姿多彩是生活的调味品，那么，它们的花样百出的确振奋了人的精神。它们创造出了最意想不到、闻所未闻的东西，尽管有时难免带来无法弥补的损失。所以主人常常需要努力控制自己，才能不动声色地看着它们花费一整天时间鼓捣出的劳动成果。

休息的时候，它们也不闲着，总是要东西吃，或者将一些小物件从一个地方挪到另一个地方，或者在主人两腿之间嬉戏。总的来说，只有在它们睡着时，才能彻底摆脱它们。但是它们真的很快乐，并且对周围的环境感到满意。它们可笑的恶作剧使被烟熏黑的寂寞小屋变得充满生机，主人当然会原谅它们所做的一切。当两只小精灵劳动时，它们跳跃着，前前后后奔跑着，摇摇摆摆站立着蹒跚行走，在昏暗的床下、桌子下或角落里进进出出。小屋里仿佛不是只有两只，而是有很多动物在忙忙碌碌地工作。

它们不断发出奇怪的叫声，用刺耳的童音向对方发出信号。有时它们蹲在地板上，直立着身体，有条不紊地仔细梳洗自己的皮毛，或者上肢紧紧地抱在胸前，尾巴摆在面前，像红木雕刻的神像一样端坐着。有时它们在紧张忙碌时，好像是收到了神秘信号一样，突然停下来一动不动，眼神警觉地看着主人。它们的眼睛探询地、专注地、若有所思地看着主人，好像它们突然意识到人根本不如它们海狸，因此需要它们立即做出某种决定一样。它们好像在说："是的，大朋友，我们知道我们现在还很小，但是用不了多久我们就会足够强大！"它们意味深长地看着主人，让人有一种毛骨悚然的感觉，就好像他们是懵懂的小人，终有一日会和大人开口说话。

但是到了一天结束时，它们不再聪明、警觉，它们忘记了自己的所有本事，以及所有高明的想法和伟大工程。它们不再是半人化的超级敏感的小精灵，而只是两只疲倦的小动物，艰难地挪到自己的人类朋友跟前，请求把它们抱在手上，然后满足地长舒一口气，在主人的怀里沉沉地进入梦乡。作为人类的客人，这两只善变的小海狸自然而然地接受了营地生活，尽管营地的条件艰苦，不适合它们生存。它们没有水池，完全像陆地上的动物一样，有一个固定在地板上的喝水碗就能令它们满足。它们满足于现状，即使天气温和，门开着，它们也不想到湖边去。有一次，它们被带到冰窟窿前，它们甚至拒绝入水，也不喝水，而是拼命地逃离冰面，爬上湖岸，沿着积雪的小路往家跑。

它们在脑海中酝酿着各种计划，在尝试着实现这些计划的过程中，人类的小屋被它们改造得很奇妙，但常常是邋里邋遢、不太整洁。它们最想做的是建一栋自己的房子。它们将床铺下的空间据为己有，作为所有者，它们像个小资本家一样堂而皇之地在那里进进出出，它们的样子简直让人忍俊不禁、哈哈大笑。它们打算将床下的空间变成私人房间，为此，它们用了一个晚上把柴火箱里的所有柴火都搬到了这里，并在四面筑起路障，只留下一个出口。它们在封闭区域内的地板上咬开了一个洞，并在后墙下挖了一条隧道。结果这条隧道后来成了它们的卧室，尽管最初的用意是修一条通风口，再抹上泥灰。

很长一段时间，人们都没有想到自己的家中会有一个“泥矿井”。直到有一天，他们突然看到从床边的墙壁上啪嗒掉下来一块很重的黏土，接着是一块大石头，后来又是一团黏土。经过侦察，他们发现了一条隧道，隧道里面抹着泥灰，而且抹得非常平滑，堪称完美。掉进房间里的奇怪东西就是抹灰用剩下的材料。顺便说一下，小海狸充分地节省和利用了材料：它们发现每过一段时间，一些泥灰会掉进房间，它们就捡起泥灰抹到墙上，把外面的墙壁也抹上了泥灰。不仅如此，它们还完美地实行了人类的劳动分工：在狭窄的隧道中，如果只能容纳“一个人”工作，它们就轮班干活；如果可以一起行动，就一个运泥料、一个抹泥灰。

考察完小海狸的工程，人们明白了，为什么夜晚床下会传出沉闷的击打声、争吵声、怒吼声和沉重的呼吸声。渐渐地，柴火堆起的路障里外都被抹上了泥灰，只留一个观察孔，类似于它们在桶里做的那个瞭望孔。小海狸的洞穴位于小屋的下面，当天气变暖后，屋顶的水流下来，灌入洞中，溢了出来，干燥的黏土就变成了一团团的泥浆。这时，小海狸通常会爬进小屋，全身粘满泥浆，几乎辨认不出它们原来的样子。即使这么狼狈，它们也要试图爬到主人的膝盖上。这段时间前后，夫妇俩不知从哪儿找到一本关于美国早期建设太平洋铁路的书，书中描写了爱尔兰工人们的勤劳和顽强，然后他们联想到小海狸在床下修建的工程：它们比爱尔兰人差在哪儿？因此，夫妇俩给两只小海狸分别起了一个爱尔兰名字——麦金蒂和麦金尼斯。

这两个名字确实非常适合它们，因为小海狸是那么的精力充沛，有时甚至狂躁易怒，完全像来自科尔克（爱尔兰的一个城市）的两位绅士。雄海狸（现在叫麦金尼斯）喜欢与人玩一个小游戏。每天快到中午时，它醒来后都会在“堡垒”的拐角处小心翼翼地蹲下，等待有人经过。这个游戏每天都要进行，从未缺席，因此人们已经提前知道会发生什么，故意走过这个地方。当人走近时，麦金尼斯便猛地扑过来发起进攻。然后，紧随着麦金尼斯的袭击，麦金蒂要出场进行自己的早上独白，声情并茂地大声“朗诵”。

有时它俩并排坐下，像在观看检阅仪式一样，煞有介事地摇头并发出奇怪的声音。麦金尼斯和麦金蒂这两个有工业化色彩的名字很相似，两只小海狸也很相似。因此，叫一个名字，两只小海狸都会应声而来。这两个名字太适合它们了，就一直叫了下来！早上，在麦金尼斯的英勇表现和麦金蒂说教般的华丽演说后，主人喂它们各种“美味小吃”。小海狸喜欢把食物带回自己的屋子，它们尽量坐得距离彼此远一些，各自吃着食物，还暗暗转身看一眼对方，提防对方偷走自己的美食。它们进食时发出响亮的吧嗒声，表示自己吃得很香。但它们对食物非常挑剔，并有自己的口味。剩菜、剩饭满足不了它们。它们有时会任性到如果食物中有同一块饼撕成的几小片碎块，它们就不会立即随意拿起一块，而是犹豫着进行多次比较，拿起，放下……就像小说里的主人公一样，在紧要时刻花费很多时间从十二支完全相同的香烟中为自己选出一支。

吃完早餐后，小海狸心情愉悦地出现在地板上，继续它们的日常工作。它们动作迅速，行动敏捷地忙碌着，像是在说：“看吧，我们很能干！您要吩咐我们做什么？”然后，人和动物都投入自己的工作中：人用人的方式，动物用动物的方式。人保持兴趣长久的根本是真实性，有了这份真实性，人的声音和行为就会充分体现人的情感。小海狸似乎还有一点儿幽默感。一天，“灰猫头鹰”注意到一只小海狸在欺负另一只小海狸，受害者发出了求饶的叫声。然后，“施暴者”显然达到了自己的目的，头前后晃动着，像是笑得浑身抽搐，然后再故伎重演。它的表情和动作让人感觉好像马上能听到它的笑声……

“灰猫头鹰”一直用心观察他的小朋友们的生活，经过一点一点地验证，他逐渐确信海狸具有对动物来说非凡的能力。他唯一怀疑的是这些独立、自主的动物身上的能力是否会进一步完善和发展。在他还是森林里的流浪汉时，多次看到过狼、狗和狐狸之间的争斗，观察过大到美洲狮、小到松鼠等大量的动物，所有这些动物在打斗时都会跳起来，用爪子攻击对方。只有海狸不满足于这些动物的小把戏，它们在打斗时站立着，用小而短的爪子搂住对方，像人一样纠缠在一起——向前，向后，转圈，但从不向一侧后退。进攻，推挤，踩踏，用力时发出呜呜声，气喘吁吁地用尽所有招数，为了打败对方拼尽全力，直到其中一只力气耗尽大声叫喊着宣告投降，这场争斗才接近尾声。双方一起跳跃几次后，就把注意力转移到更重要的事情上了。

对任性、有冒险精神的麦金蒂来说，循规蹈矩的事情远远满足不了它的天性，它渴望获得更惊险的刺激。它为自己研发了一整套人类社会中司空见惯的适度“犯罪”行径。比如，它本可以自由地、完全合法地拿走转场时没被冻坏的一小堆土豆。它想拿，可以无须顾虑，明目张胆地拿走，没有人阻止它。但是它觉得把土豆偷走更有趣，于是，它在袋子后面戳了一个洞，悄悄地把土豆搬走。因此，人们经常可以看到它带着“赃物”沿着墙壁爬行，脸上的表情有窃喜，也有害怕被抓住的恐惧。当然，人们也享受着它的喜悦，并允许它随心所欲地偷走土豆。

但是，对事物快速做出反应是海狸生命力的体现，它们一生都在克服阻碍。麦金蒂一旦发现可以不受约束地搬运土豆，这项活动便立刻失去了原有的魅力。随后，“女嫌犯”开始偷烟草。有一天深夜，突然传来求救的呻吟声，这一定是小海狸遇到了真正的麻烦：勇敢的“小偷”正四脚朝天地仰躺在地板上，身旁是偷来的烟草，其中一部分已经被它吃掉了。这只可怜的小动物强忍着巨大的痛苦，试图向人们爬去，但是它的后腿不听使唤——好像瘫软了。阿纳哈雷奥小心地抱起心爱的麦金蒂，把它放到床上。当身处险境时，小海狸对人非常依赖，它看着主人，眼中满是哀求的神情。麦金蒂紧贴着阿纳哈雷奥，用虚弱无力的前爪紧紧地钩住她的裙子，像在无声地祈求她赶快对自己施以援手。

“灰猫头鹰”平生第一次看见这样的场面，小海狸可怜无助的样子让他心疼。他马上凭着过去的经验，开始寻找治疗方法。小海狸抗拒吃催吐药，可能它已经咽不下药片了。不一会儿工夫，它就全身麻痹，心脏也几乎停止跳动。这时，“灰猫头鹰”想起一个鸦片中毒事件。他告诉阿纳哈雷奥用力揉搓小海狸的身体，按摩它的胳膊和腿，无论如何都不能让它昏睡过去。这有点儿残酷，但事关生死。同时，阿纳哈雷奥也想起芥末热水浴对这种中毒症状有效。热水准备好时，小海狸已经处于昏迷状态，浑身瘫软无力。把它放入水里时，它的头耷拉着，马上就沉入了水中。水没有立即渗到皮毛中，但是四肢和尾巴受到水的刺激，效果几乎是瞬间显现：阿纳哈雷奥的手放在海狸的胸部下面位置，可以感受到它的心脏跳动得越来越有力。失去知觉的小动物复活了，它开始发出微弱的哼哼声，稍稍抬起头。但是，一旦把它从水里拿出来，可怜的小动物就又没了活力，几乎察觉不到它的心跳。

在“灰猫头鹰”准备第二盆热水时，阿纳哈雷奥不停地揉搓着小海狸，让它保持清醒。再次放到热水中后，麦金蒂又恢复了知觉。之后，他们不断地给小海狸按摩，洗热水浴，不让小海狸昏迷。就这样坚持了十多个小时，小海狸曾一度完全没了生的希望。他们看着一动不动、虚弱无力、紧闭双眼的小海狸正在从他们的手中走向死亡……小海狸抽搐了三次，但在人们的努力下小海狸还是活过来了。根据“灰猫头鹰”的说法，黎明时刻，与死神的搏斗终于结束了。天已经大亮，麦金蒂还活着。危机似乎已经过去，小海狸的心脏有力地跳动着，它爬了起来，突然一阵痉挛，它又倒下了，还挺了挺身体。“灰猫头鹰”惊得连手里的毛巾都掉在了地上——小海狸死了。

“不，我的小麦金蒂……”他喉头发哽，说不出话来。

他转身把柴火放到炉子里，开始在那儿忙碌，不敢回头看，心痛得像被撕裂了……

“不，小麦金蒂……”他欲言又止。

突然，他听到身后有尖叫声，不是他预想的死亡的尖叫声，而是类似人的争辩和谴责的声音……“灰猫头鹰”回过头，看见麦金蒂像海豚一样，身体直立着，正试图梳理自己湿漉漉、凌乱的毛发。阿纳哈雷奥在哭，“灰猫头鹰”第一次看到她哭。麦金尼斯凭借动物的本能，明白且察觉到发生了不幸的事情，它整晚一直试图爬上床，想到麦金蒂的身边看看。现在，麦金蒂复活了，当然，首先要允许它们见面。

麦金尼斯非常小心地嗅着它的女友，好像是在长达十一个小时的分离后努力确定，这是不是真的是“她”。它发出低沉的声音，类似于断断续续痛苦的哭泣，以前从未听它发出过这种声音。麦金蒂还像平常习惯的那样，用刺耳的声音激动地叫着。床下哭叫的声音持续了很久，后来，他们看到小海狸拥抱着睡着了，像它们小时候那样，爪子紧紧抓着对方。

这次的危急事件暂时打消了麦金蒂做坏事的念头，它安分了很长一段时间，行为也端正了。每一次不幸的遭遇都是对它们的改造。麦金尼斯也是如此，在经历那次几乎被冻死在冰上的事后，它变得非常守规矩，以至于阿纳哈雷奥开始为它的命运担心，因为她相信好孩子永远不会长寿。小海狸的性格即使不是很复杂，但也很矛盾，具有非常突出的个性。比如麦金尼斯，如果被责骂了，它会不加辩解地服从，转身去做别的事情，但没过多久，就再次开始做禁止它做的事情，还摆出一副无辜、健忘的神情。麦金蒂不会屈服于任何训诫，只有暴力才能阻止它的犯罪行为。它刚一明白它做的坏事被发现了，就开始尖叫，好像在提前抗议，阻止别人干预它的私事。

但是，无论人们采取什么手段压制小海狸的自我意志，都没有引起小海狸的敌对情绪。它们对人的依恋还像从前一样。最主要的是，每天总有那么一个时刻是神圣的：所有的争执、所有的不愉快都消失了，它们与人的亲密友谊发自内心，也许这种感觉就是对母爱的渴求，对它们从小缺失的母爱的渴望。但是，不管它们的性格有多么不同，环境变化有多大，在一件事上它们始终是一致的——它们拥有同一个愿望，这个愿望从没有减弱，即它们渴望知道桌子上，那个它们无法触及的地方，到底隐藏着什么，为此不惜用尽一切办法。

从开始在这个小屋生活的那一刻起，桌子和桌子上碰不到的东西对小海狸就具有巨大的吸引力。它们似乎认为桌子上都是它们想要的，是桌子下面的地板上没有的。尤其是主人在餐桌旁吃饭时，它们特别吵闹，要这个，要那个。虽然它们能吃多少主人就给多少，但无论它们吃了多少，终究，食物就是食物，桌子上的这块地盘仍未被“占领”。它们想方设法要弄明白那里有什么。有一次，它们竟然把油布桌布扯了下来。铁盘子掉下来的叮当响声似乎应该给它们一个很好的教训，但并没有。看来，这个教训对它们来说还不够。“灰猫头鹰”留意到小海狸对桌子有着无尽的向往，当然知道，不管用什么办法，它们迟早会达到目的，但他怎么也没有想到结果会是这样。

“灰猫头鹰”和阿纳哈雷奥在此之前从来没有让小海狸单独在小屋里待过几个小时，因为天气冷，必须有人不断烧炉子，保持小屋里的温度。但是，有一天，气温回升，雪都融化了，这对夫妇决定进行一次短途旅行，去一趟几英里外的伐木场。他们不想走夜路回家，就接受了邀请，在伐木场过了一夜。伐木场的厨师听说过海狸的事，很想看看它们。第二天早上与厨师告别时，“灰猫头鹰”就邀请他晚上来做客。厨师答应了，并送给小海狸一大包丰富的食物。这是森林流浪者小屋第一次接待客人，为了准备迎接尊贵的客人，夫妇俩急忙回家。“灰猫头鹰”和阿纳哈雷奥想着快点儿到家，打扫房子招待客人，别在客人面前丢脸，很快他们就到家了。但是，门打不开：门被一堆毯子从里面堵上了。

但是，与主人进入屋里时看见的场面相比，这都是小事。小屋里一片狼藉。小海狸想出了最简单的方法来降低它们够不到的桌子的高度：它们从下面把桌子腿啃断了，桌子自然就变矮了。令它们失望的是,餐桌上它们热切希望得到的东西,并不是特别有趣——只是一些餐具。但是，它们也没有轻易放过这些餐具。后来，大部分餐具都在它们的洞穴中找到了，但是有些根本无处寻找，可能是被它们藏到洞穴的最深处了。所有其他东西都散落在地板上，并且多多少少都有些破损。

洗脸盆被打翻了，肥皂不见了,容量为五升的煤油罐掉到了地板上，万幸的是，罐口朝上，煤油一点儿也没有洒出来。地板完好无损，上面铺着厚厚的一层刨花、碎屑和各种小海狸咬碎的东西。后来还发生了更具破坏性的袭击，但第一次的破坏给夫妇俩留下了太深的印象，因此他们彻底打消了邀请客人来家里的想法。

小海狸是在实施自己的建造计划。人们眼中看到的糟糕画面，在小海狸看来，仅仅是它们某项工程的一个阶段，它们没有丝毫的罪恶感，反而是闯入者打断了它们的工作。它们躲在通风孔后打量着来人，在确认是自己人后，马上跳了出来。它们跳过一堆堆的废墟，高兴地欢迎亲爱的朋友们。惩罚这些小矮人有什么意义？主人喂小海狸吃厨师送的美味，它们在废墟中享受着美食，对夫妇俩来说，这也许是他们生活中最美好的一天的最美妙的结束。

XXI. “灰猫头鹰”的作家之路

谁能确切地说出，人在什么时候会停止下意识的举动，开始有意识的脑力活动？“灰猫头鹰”在观察小海狸的生活时曾多次问自己这个问题。他回忆起曾在报纸上看到一张日本火车站的照片，照片的标题写着“和我们那里的车站完全一样”。发照片的人显然很惊讶，为什么日本的火车站不是用竹子或纸做的。“灰猫头鹰”想到自己也和这个人一样天真，曾经认为动物的思想与人不同，结果它们与人一样有智慧，有七情六欲。自从动物王国的“小使者们”出现在他的生活中，他就不可能再用以往居高临下的视角看待它们，越深入探索这个奇妙的动物世界，越多的神奇就在等着他——那是一个完全未知的生命范畴。

当然，小海狸的内心世界很快就展露在观察者的眼中，但是所有动物在某种程度上都拥有人类未知的品性，或者说是充满发明创造的未知区域。对“灰猫头鹰”来说，这种人和动物之间新的亲近感不断推动他去关注整个动物世界。很幸运，今年的冬天非常暖和，各种各样的动物也因此活动频繁。小海狸唤起了“灰猫头鹰”对动物的兴趣，但现在他的兴趣已经不止于此，他要了解整个自然界。

毕竟，可以驯养的动物有很多，不是只有海狸。最先驯化的是麝鼠，阿纳哈雷奥成了它的好朋友。这是一只公麝鼠，胖胖的，样子滑稽好笑。因为肚子肥大，所以戏称它为法尔斯塔夫 。它经常光顾凿开的冰洞，在那里喝水或把草和它吃过的蜗牛壳扔进去，给人类制造了不少麻烦。它喜欢蹲在冰面上吃阿纳哈雷奥专门给它放在那里的各种食物。最后，法尔斯塔夫已经不怕人，可以直接从人的手上取食吃。甚至极有可能，它经常窥伺阿纳哈雷奥的行踪，因为只要阿纳哈雷奥走上冰面，它就立即将头探出冰面。它甚至会沿着冰面跑向她，但跑出几米后就没了信心，急忙掉头返回冰洞，然后再探头向外张望。就算这样，它对阿纳哈雷奥的信任还是日渐增强，在冰面上跑向她的距离延长了，撤退得也不那么迅速了。法尔斯塔夫在湖岸上有一间用草和泥做成的小房子，除了它，那里还住着其他麝鼠，但只有法尔斯塔夫与人亲近，其他的从来没露过面。

像这样，他们很快还驯服了两只松鼠：松鼠甚至一听到呼唤就跑出来，跳到人们的肩膀上，从人的手中取走小块的烙饼。这些松鼠相互之间会争吵，会激烈地打斗，但它们对人总是表现出友善的态度。也许这种友善是伪装的，也许不是。无论真伪，它们都是为了能得到一份食物。

木屋附近还生活着大约十二只松鸦，它们与人类比邻而居。好像它们在人的面前多少改变了自己的品性，不像从前那样叽叽喳喳了。它们的眼睛时刻盯着木屋的门，同时还尽力摆出一副矜持的样子，好像对食物根本不感兴趣。可是门刚一打开，它们就变得躁动不安，有些甚至开始欢快地大叫。但是，门一关上，喧闹声便戛然而止。在争抢食物时，它们之间的友好荡然无存。食物对它们的影响就如金钱对许多人的影响一样。如果扔出一大把食物，那么，每只松鸦都会自顾自地尽可能抓住更多的食物，然后飞走。尽管如此，它们也不会表现得完全没有风度。如果碰巧在这一刻只有一只松鸦，那么，它通常会在食物之间走来走去，冷静地为自己挑选出最大的一块。

很快，松鸦与人的相处就十分融洽了。无论从屋里扔出什么，它们都像歼击机一样从空中快速俯冲过来。有时，人伸出手来，一些松鸦会落在指尖上停留片刻，看得出，它们是在享受这种从未体验过的感觉，或者仅仅是喜欢手的温度。最初，人们感觉所有的松鸦都是一样的，但过了不久，人们就能区分每只松鸦，它们都有自己独特的外貌和个性。人对动物的这种态度可以说是对亲人的关注，因为，人只有在某种程度上意识到自己和整个世界是息息相关的，他才可能发现像松鸦这种与人类疏离的鸟类身上的特征。

松鸦体形轻盈，尽管飞得不是特别快，但是其动作的敏捷弥补了力量的不足。当它们非常饥饿时，就会露出阴郁的表情，尽管这也许是它们无意识的行为。但是，一旦食物突然出现，它们就变得活泼好斗。为了争抢一块美食，其中的一只松鸦把它们的狡猾个性表现得淋漓尽致：它开始在雪地上滚动，装作头晕恶心的样子。这种把戏总能引起其他松鸦的一片慌乱。通过这种方法，它能轻易靠近美食，快速用爪子抓起来，然后若无其事地飞走。松鸦几乎把所有的食物都藏在僻静的角落和缝隙中，这些地方也是能干的松鼠藏匿食物的地方。然后，松鼠储备的粮食便被松鸦抢走了。

除了不知羞耻的乞讨，这些长着羽毛的“阿谀奉承者”还很擅长欺骗。所以，如果它们是人类，也属于狡黠的“流氓”那一类人——他们在拿走你烟盒里的最后一支香烟时，还让你以为是在帮你的忙。当年，“灰猫头鹰”在为大型猛禽设下的陷阱中捉到过几十只松鸦。它们在双脚被缠住后，不断拍打着翅膀，在无望的挣扎中渐渐耗尽无辜的生命。“灰猫头鹰”现在的感觉很奇怪，他因为心爱的小海狸进入了这个动物的世界，心里对这些动物满怀着亲人般的关切。如今，它们根本不是松鸦，这一群松鸦也不像同版印刷出来的一张张没有差别的报纸，它们是完全不同的生命体。它们追在“灰猫头鹰”的身后，跳上他的脚面，飞到他的手掌或指尖上，就那么任性地站在那里，双眼闪耀着快乐的光芒，看着他的眼睛……

阿纳哈雷奥为拥有房子周围的这些动物感到非常自豪，因为它们，这个地方具有了某种特殊的魅力。移居到此的人们感到，在异国他乡，这些动物把他们当作朋友和同胞看待。当然，维持人与自然之间关系的平衡需要花费很多心思。家庭规模日渐庞大，家庭成员野性十足，并且总是处在饥饿之中。要满足所有动物并不是一件容易的事，最后，为了一家人生活和谐，必须制定投食规则和时间表……

尽管有这样的娱乐消遣，日子常常还是单调而漫长。还好，两个森林流浪者都喜欢读书，并且带了许多杂志。这些杂志帮助他们打发了一个又一个无聊的日子，足以抵消搬运它们时付出的辛苦。两个人经常把杂志拿出来看，看了一遍又一遍，一个人看时，还大声地朗读出来。有时乡愁涌来，必须做点什么才能排解。阿纳哈雷奥通常会在树林中滑雪，或者凭记忆把熟悉的地方用铅笔画出来，在这方面，她是一位出色的大师。

“灰猫头鹰”这种时候会在笔记本上、杂志的页边空白处或牛皮纸上偶尔写些短文。短文的内容涉及方方面面，有的是他在读关于自然界的故事时看到写得不恰当的地方写下的注释，有的是描述自己生活中发生的一些难忘的事，有的是简短阐述他对遇到的不寻常的现象或人的印象。就这样，他在不断找回失去的记忆的同时，在某种程度上重新经历了一遍从前的生活，并由此获得了一些满足感。

有时，两个人熄灭煤油灯，坐到火炉旁的地板上，把火炉门开得很大。火光摇曳，幽暗的小屋中光线或明或暗，火光投射到墙面上，浮现出诡异的图案。一束光照亮了锡制餐具、锅和其他器皿，它们像古老的男爵城堡中抛光的铜器一样闪闪发亮，挂在门上的毯子也仿佛是难得一见的漂亮帷幔。从小海狸的泥屋里传出喃喃的细语声，声音低沉，像是来自遥远的过去。流浪异乡的夫妇俩感觉这一切都是神秘的，他们开始低声说话，专注地看着火苗时旺时灭。然后眼前出现了幻境——一些人影如在舞台上一样走上来、走下去，这唤醒了人们记忆深处几乎被遗忘的往事和曾经拥有的思想。然后，两个人像狩猎时的伙伴一样，坐在炉火映照出来的暗红光晕中，开始互相倾诉彼此的过往。

阿纳哈雷奥喜欢谈论尼诺·鲍乔的历历功绩。尼诺·鲍乔是一位亦正亦邪的巫师，他时而邪恶，时而善良，时而神圣，是一个多面的恶魔。这个逼真的恶魔形象有着多变的评价：他既不是人间的神，也不是阿纳哈雷奥所属的易洛魁族民间传说中的恶魔。

“灰猫头鹰”讲的则是在崇山峻岭后的黑暗森林中的贫穷、饥饿和冒险经历。有时还谈论战争和在比斯科小镇生活的那段遥远的日子。在小屋的火炉旁，许多尘封已久的记忆渐渐浮出。两个人陷入深深的回忆之中，每件事情的主角在火光围成的圆形剧场上表演得栩栩如生，它们似乎是从坟墓里被召唤到这里，来到了这个小屋，就再也回不到未知的黑暗中……

“灰猫头鹰”试着把其中的一些故事写了下来，并获得了极大的快乐。渐渐地，他开始把写满字的纸片保存起来，很快，就收集了一大捆。同时，他还写了很多关于麝鼠、松鼠、松鸦的小故事，还大声朗读给阿纳哈雷奥听。尽管“灰猫头鹰”心里很希望这些故事会带给阿纳哈雷奥惊喜，但是，她的反应很冷淡。故事本身是有趣的，所以阿纳哈雷奥之后很高兴地把它们转述给小海狸听。小海狸听着，摇着头，在地板上肚皮朝上左右来回地滚动。这就是对“灰猫头鹰”的故事的全部评价。但这并不影响他继续进行创作，他一边写，一边逐渐意识到他的英语词汇量已经不能满足他的写作需求。他开始在英文杂志中寻找此类单词来弥补词汇量的不足。他太痴迷于写作，阿纳哈雷奥话里话外地暗示他，然后他才意识到自己的做法已经有些让人厌烦。

有一天，“灰猫头鹰”没有任何明确的计划，只是决定重新翻看一下自己写的所有东西，并试了试是否可以从中整理出内容完整的作品。他注意到，在他读过的许多小说中，尽管作者运用了大量的写作技巧，但仔细分析后发现，都是框架大，内容空洞，就好比没有肉的骨头一样。于是，他决定写出“有血有肉”的文章。为此，他开始将零碎的故事拼接在一起。大约一周后，他写出了长达六千词的作品，内容非常“丰富”，讲述了加拿大北部的状况，并详细描述了该地区大多数动物的生活情节。里面有关于海狸的描写，也写到了现在住在院子和湖中的被他们收养的小海狸。

“灰猫头鹰”反反复复地读自己的作品，每次都觉得写得很好。在修改完自己标出来的地方之后，他会狂热地工作到深夜，直到把所有东西整理完，再干净地誊写一遍，然后再次大声朗读给阿纳哈雷奥听。如果小海狸同意听他的朗读，他似乎也会很乐意给它们读一遍。阿纳哈雷奥耐心地听，并指出一些描写得不清楚的地方。“灰猫头鹰”添加了详细且准确的解释后，轻松地纠正了这些句意不明的地方。阿纳哈雷奥也对作品进行了加工，一个人想不到的地方，另一个人便补充上。因此，他们连续几小时绞尽脑汁地想，就怕错过任何东西。加上添加和补充的内容，“灰猫头鹰”第一部作品的字数达到了八千词，他认为，第一次就写出这么长的作品是非常了不起的成就。阿纳哈雷奥试着小心暗示他这篇随笔有些冗长、拖沓，但是，“灰猫头鹰”坚决否认了这个离谱的假设。他读过一篇类似的随笔，围绕着同一主题他写出了八千词，而那个作者仅仅写出了一千五百词！“灰猫头鹰”认为，作者就一个话题写出的字越多，作品似乎就越有“肉感”。

他当时甚至没有想到，冗长与这种“肉感”是矛盾的。“灰猫头鹰”想：“哦，不，再没什么可修改的了。落到纸上的故事是理想的再现，就像一栋镶嵌着宝石的建筑，没有特殊原因，一块宝石都不能改动。”现在为改善作品整体效果而提出的任何删除建议都能使他产生一种类似于身处谋杀现场的恐怖。不，当然，任何改动都不要！他把自己的手稿精心复印了一份，装订了起来，又加入了大约五十张与内容相匹配的照片。之后，他跑到四十英里外的城市寄了出去。

他将稿件寄给了欧洲大战时认识的一位英国朋友。他认为英国这个国家是发表此类作品的世界市场。他告诉中间人朋友，作者保留作品在期刊重印、翻译、拍成电影、按特定版本印刷的权利。当然，“灰猫头鹰”之所以这样写，是因为他在杂志中看到过很多真正的作家是这样安排他们的作品的。他自己并没有考虑到钱，只想让更多人阅读他的作品。但是，如果给钱，他当然也不会拒绝，那会更好。他的做法完全是受到了杂志里看到的内容的影响。后来，他很惊讶，是什么鬼使神差地让他接触到了服务于贵族阶层的时尚杂志。每个在生活中为活出自我而不断奋斗的人都知道，奋斗中的力量和成功与否取决于追求这个目标的人的信心。之后的所有失败者都是消耗掉了自己的信心后，再也不能“鼓起勇气”而重新投入战斗。“灰猫头鹰”的行为可能是一个鲜明的特例。

杂志社可能会拒绝刊登随笔这样司空见惯的东西，他甚至连想都没想过。究其原因，当然，其一是他做这一切的目的——最重要的就是让人们看到他写的东西。其二，他确实不是太追求金钱的回报。但这是自然而然的事：一旦出版，那么，当然会有汇款。大约一个月后，杂志社肯定会寄钱来，支票也就到了。“灰猫头鹰”对此有十足的把握，事情似乎板上钉钉了，那么为什么不提前消费一下，买些过节用的好东西呢？圣诞节马上就要到了，于是，“灰猫头鹰”在店铺里买了东西后就踏上了回家的路。

一路上暴风雪很大，滑雪板划出的痕迹很快就被暴风雪掩盖。“灰猫头鹰”节奏平稳地向前滑动，他的思绪像漫天的雪花一样凌乱地飞舞。他感觉，因为写作，背上仿佛生出了翅膀。在此之前，没有翅膀的他被束缚在一个远离梦想家园的地方，很难全力以赴去实现自己的理想。这个无翼的梦执着地带他回故乡，让他感受剧烈的疼痛，痛得他几乎要尖叫。现在，这种折磨已经过去，他不再孤独。在任何地方、任何条件下，他都可以自己创造出整个世界，只要手中有笔，他就可以在美丽的国度漫游，重新经历风险；没有笔，显然梦境中的一切都不会再现。

现在，“灰猫头鹰”心中不断滋长的与大自然的亲近感已经升华成一种力量，驱使他做出有意识的行动。最近和野生动物经常接触获得的经验让他更加清楚，这种对野生动物的类似亲情般的关爱可以幻化成神奇的创造力。不！不仅海狸如此亲近人类，所有动物都不能被视为毫无思想的存在！“灰猫头鹰”认为，“这一点是不用怀疑的，因为动物对人类向它们表现出的哪怕最细微的善意都立刻做出了回应”。

“灰猫头鹰”回忆起一只在湖对岸觅食的小鹿。它总是独来独往。“灰猫头鹰”猜测，很有可能，这只小鹿是他猎捕的一只母鹿留下的。这个孤独的小动物还没来得及学会惧怕人类。它有时会走到湖的这面，然后沿小路走上来，从小屋旁经过。小鹿总是大约每隔一天就在同一时间出现。夫妇俩观察到这一点，便开始走出小屋等它来。小鹿对人毫不理会，不慌不忙地走过去。有时它停下来，仔细打量人类。很快，它就被完全驯服了。当小鹿慢慢吃着为小海狸储存的白杨树树枝时，人可以在它周围随意走动。夫妇俩非常高兴拥有这个新朋友，它对人的信任，或者可能是无知，抑或无礼，就是它最好的安全保障。

自从小鹿出现后，为了避免枪声惊吓到它，“灰猫头鹰”便开始到更远的密林深处猎捕供食用的动物。而就在一年前，为了不浪费子弹，“灰猫头鹰”会用棒子把小鹿直接打死。如果当年他没有在挚爱的北方屠戮生灵，现在会是怎样的情形？但是，不这样做，在哪里又能获取生活所需呢？“灰猫头鹰”并不是那种吃着肉，还不想杀死动物弄脏双手的易动感情的人。既然不能不吃饭，不能没有食物，为什么不可以杀生？但是，如果有办法绕开这件事，将精力用在心里向往的事情上，那该多么美好！能否通过写作实现照顾和繁殖动物的理想生活呢？为此要付出多少代价？

四十英里的长路，“灰猫头鹰”想了很多！雪花旋转着不断落下，它们自由地落下，没有任何牵挂，他的思绪也像雪花般随风飘动，仿佛挣脱了外部世界的束缚，变得清晰起来，并开始有了某种形状。那么现在，只有一点是最清楚的，不要去懊悔情不自禁做出的事情。自己就算背负着欠债的压力，却在杀死海狸前的那一刻，亲手关闭了捕兽夹。湖里的海狸到现在还毫发无损，因此，不再伤害海狸的决定是严肃认真的。驯养野生动物之路已经开启。松鼠、松鸦、麝鼠、幼鹿这些小动物对人的信任逐渐增强，自己也从中慢慢摸索出驯养它们的方法。动物活着要比死去有趣，这一点没有人怀疑。而且保护比破坏更有益，如果认真做这件事情，大概应该比出售皮毛赚的钱更多。

毫无疑问，以保护生命为动机的写作应该收益不错。如果真是这样，“灰猫头鹰”可以按照自己的意愿生活和写作，根本不需要寻找狩猎场。他可以在任何一个地方凭借自己的努力建立起“鸟兽不惊的王国”。当然，“灰猫头鹰”明白，要让自己的狩猎事业向理想的方向转变，需要的不仅仅是森林人强健的体魄和勇气。但是，他现在的文学创作才刚刚开始，他并不了解自己目前的状况是如履薄冰，即便他是天使，也需要有救生圈保护。

是的，这当然是他的幻想，他建造的是空中楼阁。森林生活培养了“灰猫头鹰”钢铁般的意志。他的理解是，如果一个人认为自己有能力并满怀诚意地将自己的全部力量用在某件事情上，那么，只要目标合理，就一定会实现。他一生中看到过无数这样的例子。但是，他现在给自己布置的任务是学会在水上行走，结果会是什么?

暴风雪在肆虐,但“灰猫头鹰”觉得自然界的愤怒只会使他兴奋,仿佛是自然界正在举行胜利的狂欢。他飞快地滑行,灵魂也与自然的狂野放纵融合在一起,他感到没有什么是克服不了的。“灰猫头鹰”保持着自己的节奏,伴着暴风雪的呼啸声在旷野中疾驰。他发现只有歌唱才能抒发内心的狂喜,于是,他喊叫着,像野兽一样嚎叫……

之后,他在回忆起自己一生中这个决定性的时刻时写道:“再往深处想,我明白了,尽管我可以放声喊叫,自视很高,有经验,但都无法阻止任何一片飞舞的雪花落下。”在暴风雪最猛烈的时候,“灰猫头鹰”回到了家,从暴风雪中进入小屋,他感觉很舒服。阿纳哈雷奥把装糖的袋子剪开,洗干净,做成了窗帘,还缝上了鲜艳的羊毛花边。窗户上挂着的窗帘使整个屋子看起来很舒适。阿纳哈雷奥说,小海狸感觉到了“灰猫头鹰”不在,尤其是麦金尼斯,在“灰猫头鹰”离开后,似乎在找什么,在门旁等了很久,还不住地抬头看着门。“灰猫头鹰”进门时,它们没有立刻出现,但通过“堡垒”的观察孔可以看到它们的鼻子。显然,小海狸在努力确认这个人是谁。它们刚一认出“灰猫头鹰”,就立即跳了出来,围着他又蹦又跳。麦金尼斯不停地扑向“灰猫头鹰”,直到“灰猫头鹰”弯下身喂它吃专为此刻准备的糖果。

两只小海狸开始大声吧嗒着嘴吃东西。之后,“灰猫头鹰”把买回来的东西一件件拿出来。东西少得可怜,就这还是善良的店主告诉他圣诞节快到了，他才决定买的。“灰猫头鹰”总是忙着在森林里打猎，所以经常不确定今天是几号，明天是什么节日。因此，他通常会错过圣诞节。也可能在他的心里，不是特别想记住这个节日，因为圣诞节时，由于某些人虚伪的悲天悯人情怀，通常禁止杀生。但是现在他是一个有家的人，并且生活在一个每个人都把圣诞节看作重要节日的国家，所以，他决定这次与别人一样，以自己的方式庆祝一下这个节日。

“灰猫头鹰”把几块晾干的雪松木板刨平，画上印第安人喜欢的图案，然后将它们像贴脸一样挂在窗户周围。退后几步看，木板上的松节就像特意装饰的珠子。此外，“森林隐士们”在有光亮的地方挂上了各种各样带有部落标志的装饰品。他们在地板上铺了两张驯鹿皮地毯，因为知道它们迟早会成为小海狸的玩具，所以把它们牢牢地钉在了地板上。但这也无济于事，小海狸一看到地毯，就开始将地毯毛一撮撮地拔出来。“灰猫头鹰”还用涂上颜色的鹰的羽毛和假珠子做了勇士的头饰，用木头雕刻了一张勇士的脸，在勇士的脸上涂上了友好的标志，表示对客人的欢迎。从桌子的另一端看，戴上头饰的勇士样子很威严。每个显眼的地方都点着彩绘的蜡烛，房梁上挂着日本灯笼。如果从外面向屋里看，可能会认为小屋里住着一些印第安神灵，他们的品位半野蛮、半虔诚。

为庆祝平安夜而准备的一切已经就绪：蜡烛被点燃了，所有装饰品都被照亮了。盘子上放着苹果、橘子和坚果。看到这一切，阿纳哈雷奥决定为小海狸做一棵圣诞树。她拿起斧头，滑着滑雪板去林子里砍树。“灰猫头鹰”留下来看着架在炉子上烤得滋滋作响的鹿肉，还有从店铺里买回来的圣诞节布丁。一阵微风摇动了松枝，起初几乎听不到松枝摆动的声音，但风渐渐变大了，声音低沉，一浪一浪响起，旋律颤抖着攀升到最高音，然后戛然而止。“灰猫头鹰”听着听着，不自觉地打开窗户，看到了阿纳哈雷奥，她欣喜地听着松树的美妙歌声，嘴上说着：“这恐怕不比圣诞节的钟声差。”

阿纳哈雷奥带回来一棵最好的圣诞树。他们把它嵌在地板的缝隙中，在树的最上面绑上一根蜡烛，然后点燃。他们在小海狸可以够得到的树枝上挂上了糖果、苹果片和桌上的各种美味。小海狸冷冷地看着主人忙着做这些准备工作，但是树木的气味很快吸引了它们。它们仔细地观察圣诞树，终于发现了悬挂的美味佳肴，于是就扯断绳子，将食物拽到地板上大快朵颐起来。主人坐在桌旁，一边吃着，一边看着他们的“小孩”。小海狸很快就把挂在树上的东西洗劫一空。现在需要添些食物，而且要挂在更高的位置，于是，愉快的嬉戏开始了。主人痴痴地看着小海狸，都忘记了吃东西。

小可爱们用后腿站立着努力抓住，然后扯下树上的食物，或者偷走对方手里最好的那块美食，慌乱逃跑中用力把小伙伴推开，摔倒的那只滑稽地急着起身，担心同伴会在这工夫把所有美味吃掉。它们兴奋地互相说着什么，喊着，尖叫着。善良的主人不断把新的食物挂上去，还对小海狸说：

“看看，我们还准备了什么？”

两只小野兽手里抱着食物，两脚飞快地挪动着，或用牙齿叼着食物跑着，它们想尽办法把食物带走储藏起来。看到所有东西都被吃完了，拖走了，再也没有什么补给了，英明又节俭的麦金蒂撞倒了圣诞树，把它也拖走了。它好像希望把提供美食的圣诞树远远地藏起来，等待下一次的大丰收。这样的开心和快乐，似乎是小海狸为了感恩主人让它们重生而安排的“海狸圣诞节”。它们似乎很乐于逗乐人们。阿纳哈雷奥因为小海狸幸福而幸福，“灰猫头鹰”因为大家幸福而幸福。疲倦的狂欢者吃得肚子鼓鼓的，躲到“城堡”深处，躺在辛苦收集的圣诞礼物中酣然入睡了。它们离开后，小屋里一片安静平和。那位彩绘的勇士开始从羽毛头饰下格外严肃地看着屋里的一切。“灰猫头鹰”一下子就明白了勇士的心思，必须满足印第安勇士小酌一杯的无声请求，于是他拿出了珍藏的那瓶红酒。夫妇俩开始为这些沉睡的小海狸干杯，为湖对岸的海狸干杯，为头戴羽毛的伟大印第安人干杯，为提供这瓶优质葡萄酒的法国人干杯，最后为彼此的健康干杯。两个人确信，在整个魁北克从来没有人有过如此快乐的圣诞节，就算不是整个魁北克，那么至少在这个湖上，这是最快乐的圣诞节！

XXII．幸福

理智的人不会想到将自己的命运与在森林中写下并寄往伦敦等待发表的小说联系起来。不会有人在寄出了这样的小说一个月后就去镇上取支付稿费的支票。但是，“灰猫头鹰”这样做了，为了证明自己是对的，他还带上了“女友”阿纳哈雷奥。可事情真的就如他想的那样发生了，当他们在邮局询问是否有寄来的支票时——支票就在那儿，而且还有一个信封，里面装着出版社好心寄来的杂志，杂志里刊登着“灰猫头鹰”写的随笔，内容被删减到了原文的四分之一，五十张照片中只选用了五张做插图。阿纳哈雷奥和“灰猫头鹰”翻开精美华丽的杂志，突然看到了熟悉的文字，这些诞生于那么简陋环境里的一词一句描绘着他们自建的小木屋、海狸水坝，以及麦金尼斯和麦金蒂……

简直是奇迹！真是让人难以置信！阿纳哈雷奥扑过去，从“灰猫头鹰”手中抢走了杂志。她仔仔细细地读着——真的是他们写的，但还是不敢相信。

“这是真的吗？”

“灰猫头鹰”和阿纳哈雷奥两个人把杂志抢来抢去，杂志几次易手，最后，“灰猫头鹰”把杂志让给了阿纳哈雷奥，自己异常激动地翻来覆去看那张鲜红的纸片，这张纸片就是一笔巨款，几乎可以用来偿还在图拉迪地区欠下的所有狩猎预付款！而且，不仅有支票，编辑还亲手给他写了一封非常诚恳的信，信中请求他再多写一些这类的随笔！“灰猫头鹰”整个身心都感受到发生了某种对他来说很伟大，也可以说是很庄严的事情，这是真正的胜利，不需要任何仪式和语言。黑暗中，他迈出了第一步，但这一步是正确的。

“这怎么可能？”他心里还是有些无法相信。毕竟，在写作方面，他没有任何奢望，比起在森林中打猎，这根本就不算是劳动，只是心情沉重或沮丧的时候的一种自在、悠闲、愉快的消遣。难道这种不值一提的小事会成为照亮他新生活的耀眼曙光？

在给杂志社主编写回信，表示同意他的建议之前，“灰猫头鹰”有些眩晕地走出邮局，他给自己买了一支很粗的黄色“自来水笔”、一些墨水、很多纸，还给阿纳哈雷奥买了一部新“柯达”相机。善良的店主，已经被“森林居民”习惯地看作他们来自天上的庇护者，他在听到这个好消息后，亲热地拍了拍“灰猫头鹰”的肩膀，用特有的法式热情对他表示了祝贺。他还说，他一直相信这种事情会发生。但是，说实话，他也可能怀着同样的信心期待过“灰猫头鹰”坐上埃及王位的宝座……

XXIII. 犬牙法则

回程有六十公里，“灰猫头鹰”和阿纳哈雷奥心情愉快地在泛着雪光的森林中行进。这突如其来的幸福让他们忘记了走在森林里要严格遵守的沉默法则。他们甚至没有像往常一样鱼贯而行，而是一直并肩交谈着，讨论着如何驯化“白桦树湖”的那些海狸，也就是他们撤走了捕兽夹后幸运活下来的那几只海狸。还要立即给自己的小海狸建造一个像样的海狸小屋。麝鼠、松鼠和幼鹿的状况也会随着人的境遇的改善而变好。

他们期待着还能在其他地方发现驼鹿，并扩建木屋，接建一个边房，让长角的、有毛的、会飞的朋友都住进去。“灰猫头鹰”继续写关于它们的文章，阿纳哈雷奥将用新买的“柯达”相机提供更多的插图。现在，他们有自己驯养的海狸，有湖上的野生海狸，以及其他各种被驯养的动物，最幸福的是写出了一篇随笔，并且收到了稿费，照此下去，事情应该像心里向往的那样继续发展吧？毕竟，这里没有狩猎皮毛的猎人入侵，没人干扰建设海狸家族计划的实施。驯养的海狸和野生海狸混合饲养，繁衍，海狸会多到可以住满整个湖，再扩展到周围空旷的溪流，被伐木工人称为“灰猫头鹰营地”的麦金尼斯巢将成为海狸文化中心，并最终成为人尽皆知的地方。

人在幸运时会对未来有无数美好的憧憬，要是我们所有人都竭尽所能地帮助这些人实现心里的梦想，那么他们会做出多少有益的事情！尽管“森林居民”离开小屋已经五个昼夜了，但他们没有什么可担心的：天气不是很冷，不会冻坏小海狸。另外，小海狸也做不出什么坏事了，桌子腿、床腿、洗脸盆架的腿现在都用备用的铁皮包上了，东西全堆在这些“全副武装的防御工事”和架子上。“灰猫头鹰”和阿纳哈雷奥没有任何不好的预感。

但是，在离营地几英里的地方，两个人看见一条奇怪的滑雪板滑过的痕迹正沿着他们面前的路向前延伸。此时正值三月解冻期间，路上的痕迹已经冻实，很容易辨认出来并猜测出发生了什么。只是发现这个行迹时，天已经黑了，所以，他们一头雾水，什么也没弄明白。像鲁滨孙一样，居住在荒野中的人们总是时刻保持警惕，尤其是人的行迹最容易造成心理恐慌。他们开始假设各种情况，同时加快速度滑动雪板向前疾驰。他们首先想到，可能是一个伐木工人来看望海狸，但这个假设立刻被否定了——脚印不是来自那个方向。而且这个人在滑雪时，不像白人那样两个滑雪板之间保持很大距离，而是像印第安人一样滑雪板之间间距很小。终于，他们看到了小屋，里面还有灯光！当主人激动地打开房门时，大卫·白石张开双臂站在他们面前，脸上露着灿烂的笑容！这位印第安阿尔衮琴老人如约而至，来到了亲爱的朋友这里。这是多么美好的相见！

“灰猫头鹰”不记得什么时候有过这种感觉，见到一个人会让他这么高兴。大卫那把著名的弹枪杀伤力很强，到现在还威力不减，射出的子弹可以击中人群中的任何人。大卫幸运地跟着一批猎捕麋鹿的猎人一起赚到了钱。他整个冬天都在新不伦瑞克省，猎到了一批海狸，卖了好价钱。他们坐下来吃晚饭，饭后一直随便聊着天，谈话间隙，“灰猫头鹰”和阿纳哈雷奥开始叫麦金蒂和麦金尼斯出来，不知为何它们没有露面。从隔壁墙的后面传来一些模糊的声音，毫无疑问，它们在那里。但为什么不出来？为什么？大卫看着阿纳哈雷奥，双眼像猫头鹰一样狡黠地眨了一下。

“我知道。”他笑着说，“你们在努力地工作，我也没闲着！这是给你们的礼物。”

大卫边说边走到隔壁墙那儿，从那儿接连拖出了两只成年海狸，还是湿漉漉的死海狸。阿纳哈雷奥正在擦拭勺子，看到这一幕，惊得手里的勺子掉到了地板上，发出轻轻的敲击声。“灰猫头鹰”拿出了烟斗。房间里突然一片寂静，火柴打火声像爆炸声一样刺耳。阿纳哈雷奥捡起勺子，继续擦拭勺子。这段时间让人感觉那么漫长，“灰猫头鹰”终于想起，这个人毕竟是他的朋友。

“谢谢，戴夫[1]。”他回复着大卫的话。

他还想说点儿别的，但是，嗓子发干，突然哽住了。他缓了一下问道：

“其他的呢？”

---

1 戴夫是“灰猫头鹰”对大卫的昵称。——译者注

“那里还有捕兽夹。”大卫回答道。

“灰猫头鹰”点亮了灯笼说道：

“走吧，老朋友，我们去看看。”

大卫感到哪里不对劲，等他们走出木屋后问道：

“怎么了，阿尔奇？我好像做错了什么……告诉我，怎么回事？”

“做错了什么？”“灰猫头鹰”说道，“放心，没什么事。”

然后他举起灯笼看大卫的脸，同时挡住自己的脸，不让大卫看到自己的表情。

“我们整个冬天都不太走运，好吧，仅此而已，但绝对没什么，别担心。”“灰猫头鹰”平静地说道。

在海狸的巢穴附近，他们拉出了五个捕兽夹：两只海狸幼崽也被抓住了。大卫真是最优秀的猎手。

“好吧，现在我们把它们全部捕获了。”大卫不太自然地说道。

然后他又补上一句：

“这是这里全部的海狸。”

“是的，”“灰猫头鹰”附和着，“就只有这几只了。”

然后，他低头看着星空下两只躺在冰上、没有生命迹象的小海狸，旁边是它们空旷冰冷的巢穴。但是，没办法，显然，古老的犬牙法则太过强大，梦想建造的一切都瓦解了。

XXIV. 最后的叫声

第二天，“灰猫头鹰”心情沉重地剥下了海狸的皮，交给了大卫。然后，他把四具尸体拿到湖边，放入海狸巢穴附近的冰下。可能，他当时还按照古老的习俗低声祈祷了一句。天气转暖，雪开始融化，大卫提议去图拉迪湖边建营地，所有人都同意搬家。现在留在这里已经没有任何意义：像松鸦、麝鼠、幼鹿和松鼠这样的朋友随处都可以找到。它们的生活继续，就像人类朋友没有出现过一样，没有什么损失。

就这样，大卫做了一个雪橇。一天清早，他们把所有的财产、装着小海狸的小桶和有名的炉子都装上了雪橇，一切准备就绪。阿纳哈雷奥来到湖边的小泥房前，最后一次喂饱了麝鼠。松鸦纷纷落在“灰猫头鹰”的手上，松鼠顺着他的腿飞快向上爬，拿走他能给予的最后礼物。然后，他们和头戴羽毛的印第安勇士告别，和麦金尼斯的小房子告别，和周围无言的松树告别。他们最后环顾了一下四周，又望了望那栋空荡荡的房子，依依不舍地离开了。大卫现在清楚地看到了朋友脸上的悲伤，路上甚至说自己曾猜想他们发生了不幸的事，说完就默不作声，再也没有提过这件事。一路上，他只是在雪松上做记号，刻上他的吉祥物鸭子，并把一块烟饼塞进记号的切割处，嘴上说着别人听不懂的话。

装着小海狸的小桶放在所有东西的最上面，每当他们走在未结冰的小溪边时，麦金尼斯一定不会错过机会，从小桶里俯冲而下飞到小溪中。寻找海狸在某种程度上消减了旅行者的忧伤，队伍沿着崎岖难行的山路越过一个又一个山丘，来到了遥远的图拉迪湖的蓝色水域。路途非常艰辛，四天里，他们只能缓慢行进，而且大多是夜行，因为夜晚天气寒冷，积雪上面的冰层冻硬了，才能支撑住雪橇在上面行驶。好几次，雪橇连同上面装小海狸的小桶都翻倒了，“乘客们”狼狈地掉进了雪里。它们很不喜欢这样的意外，急急忙忙爬向小桶，嘴里吵闹着，争着第一个躲进小桶。向前！前进！如果由于某种原因人们停下了脚步，桶上盖在小窗上的盖子就会被立即弹开，两个褐色小脸蛋露出来，黑色的小眼睛不满地向外张望。如果它们的无声请求没有奏效，雪橇没有启动，它们就会担心并开始抱怨。

“灰猫头鹰”就是那种做什么事都勇往直前、一刻不停的性格，因此他非常理解海狸。但是大卫有不同的观点：在他看来，这两只“靠公款吃喝的免费乘客”要有耐心并保持安静。但是，旅行者们走到了公路，所有这些麻烦都迎刃而解了。他们搭乘了一个“公司”的马车。在这个国家，载货的马车总是邀请路上的旅行者上车，不会冷漠地从他们身边径直驶过。不仅如此，“公司”的一名雇员在得知猎人们打算在帐篷里宿营后，向他们推荐了图拉迪湖湖岸上一个被称为“半途”的营地，那里有舒适的小木屋，猎人们可以想住多久就住多久，除非自己想要离开。

在这里，小海狸开始了无拘无束的生活，它们夜间熟悉当地的水域，白天在营地睡大觉。这个营地距离科巴诺仅五英里。住在这里，人也快活得多。不断有旅行者到访，如果不是因为白桦树湖上的那场悲剧，这里真的不错。可是，过了一段时间，“灰猫头鹰”的精力和体力得到了恢复，他心里保护海狸家族的想法又重新燃起。他甚至写出了第二篇随笔，只是怀疑随笔不一定适合那本英国杂志的风格：他觉得用自来水笔写出的内容过于伤感。

这段时间需要加强对小海狸的保护，因为这个地区人口稠密，有很多流浪汉和运送木材的工人。这些人的到访是件很愉快的事，但说得一口流利法语的大卫曾经听见他们的话语中提到过海狸，因此，为了安全起见，必须对小海狸进行更周密的保护。三个人轮流在附近巡逻，留心听小海狸的动静。追踪小海狸并不难，它们总是在某个地方吵吵闹闹。现在，它们正忙着在离营地不远的地方建造一座有趣的海狸小屋。那里湖岸上的雪已经融化，水面露了出来。它们咬断小杨树和柳树，把树放倒，甚至在远处都能随时听见它们的尖叫声、吵架声，以及喋喋不休的争执声。天亮前，它们抓挠房门请主人放它们进屋，然后爬上主人的床开始呼呼大睡，大约在中午醒来，等不及主人给它们喂食，便匆忙离开，继续完成它们的建筑大业。

没过多久，营地里来了一位老人。原来，他是这里的老猎人，多年来一直在这片湖上猎捕麝鼠，他有权在这里打猎，并掌握着这里动物的生杀大权。他的出现威胁到了小海狸的生命，没办法，“灰猫头鹰”他们只能尽快离开。大卫去了科巴诺，他会法语，想在那儿找份工作。“灰猫头鹰”和阿纳哈雷奥逮住了小海狸，将它们放入小桶中，然后搭上一辆路过的马车，搬到了离城市不远的一条公路附近的小湖边。他们在大榆树下搭帐篷，而小海狸在湖上的旧巢穴和湖尽头的水坝上开心地玩耍。它们不嫌弃旧巢穴，这里有水和食物，条件很好。在“灰猫头鹰”为“海狸营地”选定最后的位置之前，在这里，它们可以生活得很好。

帐篷搭好后，“灰猫头鹰”和阿纳哈雷奥来到湖边呼唤小海狸。听到熟悉的呼叫声，它们互相追逐着跑过来。见到主人后，它们异常兴奋地开始欢呼、跳跃，喃喃地说着话。看得出，它们想以这种方式向朋友们表达它们找到“海狸城堡”后的开心快乐。它们匆忙吃了一点儿糖果，就无限幸福地再次冲向自己的新领地。毕竟，它们作为小动物，在人的监管下已经生活了有将近一年的时间。现在，它们完全长大并拥有充分的自由，在新的地方兴奋地做着自己感兴趣的事情，但仍然没有忘记人们，在听到主人的第一声呼唤后就匆忙赶来，还急切地表达了自己的喜悦心情，这是多么珍贵的感情！

一天晚上，小海狸回到营地，抓了抓痒痒，大声聊了很长时间，它们似乎在谈论一些重要的事情，然后一起出去，像往常一样在帐篷周围转了转，毕竟，它们一半的生活是在这个帐篷里度过。它们闻了闻曾经陪伴它们经历过无数次冒险活动的火炉，麦金尼斯不小心烫到了鼻子，麦金蒂弄翻了装烤饼的食物盒。它们吃了很多烤饼，总之，感觉像在家一样，非常好。然后它们特别温柔地和主人亲近，主人不由得想起了白桦树湖边那段遥远的日子，高兴地回忆那些和小海狸坐在火炉旁度过的愉快夜晚。小海狸还在帐篷里睡了一会儿，没有丝毫迹象表明它们对人的态度发生了改变。休息后，它们走向自己的湖，而人们像往常一样，陪着它们走到湖边，心里希望它们再变回原来的小不点。

“灰猫头鹰”和阿纳哈雷奥站在岸边，看着两只小海狸游向它们的小屋。小海狸划出的两条水道在拐弯处散开，逐渐消失在暮色中。星光下，可以看到小海狸掀起的银波，然后，它们爬到岸上，身影隐没在黑暗中。主人发出呼唤声，它们做出了回应，一个调子响亮绵长，另一个深沉忧伤，两种声音像和声一样融合，在山间回荡，然后声音越来越远，越来越弱，最后完全消失。这次黑暗中传来的悠长的哭泣声是“灰猫头鹰”和阿纳哈雷奥听到的小海狸最后的叫声。

当然，人们并没有立刻意识到要彻底失去心爱的小海狸。第二天晚上，池塘水面平静，没有波浪起伏，主人发出呼唤后，没有收到随之而来的热情回应。第二个夜晚过去了，第三个、第四个晚上仍然没有听到小海狸的喧闹声和欢快的闲谈声，熟悉的棕色身影再也没有跳出水面。雨水冲刷掉了它们的痕迹，糖果没有被动过。在“半途”营地，它们修建的工事陆续倒塌，未完工的房屋被水淹没，很快就被雨水冲刷干净。小海狸走了，与它们有关的一切似乎也都被带走了。

春汛过后，小海狸习惯去小溪口，或者也许是回家。印第安人沿着这条路线寻找小海狸。他们顺着溪流向上朝着源头方向走，跌跌撞撞地走在被水流冲刷过的积雪中，在融化的积雪上滑着几乎磨烂的滑雪板回到小溪，一路上两个人不停地呼唤海狸……他们跑遍了整个周边地区，一步步踏遍了图拉迪湖的所有湖岸，察看了每条小溪。他们采取了一切行动，直到排除所有可能。他们倾听每一个枪声，追踪、检查各个方向来人的踪迹，不漏过任何线索！他们发现一只被杀死的鹿，受到惊吓的偷猎者甚至没来得及将鹿皮剥下就逃走了。尽管不是狩猎季节，但到处都有陷阱。不！小海狸很难到达小溪口。像所有被驯养的动物一样，它们对人充满信任，任何一个人都可以轻而易举地用木棒杀死这些有爱的动物。周围人的态度很冷漠：有人说，小海狸百分百已经被杀死了；有人说，它们肯定还活着，应该继续寻找。当然，“灰猫头鹰”和阿纳哈雷奥没有放弃，不管有没有希望，他们都在寻找……最后，邻近的地区都找遍了。只有借助独木舟才能扩大搜索范围，但独木舟在距离这里四十英里的地方。

怎么办？还是要找，走吧！他们走了四十英里，找到了独木舟，回程他们划独木舟走了三天。路过旧营地时，他们看到那里的湖岸上，支帐篷用的树杆还立着，旁边围小海狸用的畜栏完好无损。他们默默驶过小海狸差点儿和炉子一起淹死的地方，在特米斯卡瓦塔过了一夜。第二天，继续寻找。就这样，找了很多天，他们几乎没吃东西，睡得不安稳，悲伤让他们一直保持着清醒状态。经常是一有消息传来，他们就不惜走很远的路，只是为了察看一下皮毛。麦金尼斯的鼻子被烫伤过，头上的毛是灰白色的，而麦金蒂毛发油黑。每次确认皮毛不是麦金尼斯和麦金蒂的，他们都感到很高兴。

他们几乎询问了所有的徒步旅行者，跟踪过一些人，甚至搜索了一两个人。搜索时，两个人面色阴沉，不说话。他们总是带着猎枪，由此结下了许多敌人。搜索过程中就算看到一些滑雪板滑过的痕迹，也会让他们精神振奋。但很快，结果又让他们再次变得沮丧。在疲劳和迷糊的状态下，他们心里出现了虚假的幻觉和预感，这种不真实的感觉经常推动他们进行新一轮的搜索。在这样的搜索下，没有什么可以藏得住，如果真的有海狸，也应该被找到了。阿纳哈雷奥瘦了，她脸色苍白，两颊凹陷，整个人像是因为饥饿变得焦虑不安。有一天，她说道：

“我现在真想知道，我们做错了什么？”

她有一次说过：

“让我们遭受什么都可以，但别是这个。”

还有一次说道：

“我们以为它们会永远和我们在一起。”

再往后她说过：

“海狸爱我们。”

“灰猫头鹰”和阿纳哈雷奥很长一段时间都抱有希望，直到所有的希望一点一点地破灭。每到夜晚，他们就坐在榆树下令人忧伤的营地附近的昏暗处，等待，观察，倾听，看看是否会传来令人难忘的问候声或笨拙而费力走来的脚步声。两个人都在等待着，等待着那些已经不在、不会回来的小生命。但是，除了周围环绕的树木，他们什么都没看见，除了潺潺的溪流声，他们什么都没听到。渐渐地，树木长满了叶子，海狸的旧屋长出了草。池塘水干了，变成了沼泽，只剩下一条小溪沿着沼泽底部缓慢地流动。终于，一切都结束了，所有的希望之泉都枯竭了。小海狸在这里生活过的痕迹消失殆尽，除了湖岸上的一个空桶，它也一点一点地被肢解，变成了一堆木片和生锈的桶箍。

第二章

海狸家族的“女王”

I. 金矿

海狸的故事就发生在法国人的眼前，他们完全无法理解印第安人对待自然的态度，以及他们对两只小动物无私的爱。他们把印第安人视为野人和异教的残余，“灰猫头鹰”不止一次听到有人这么说，心里有些默许。是的，他对原始自然的所有敬意都是异教的残余，但这有什么不好？如果这种情绪能不断发展，越来越强大，并且能够让一个人去做相比以前更有益的事情，就算是异教的残余又怎样？

两只小海狸就这样消失不见了。现在“灰猫头鹰”想弥补这一损失，让它们生活在众多人的心中，让两个可爱的动物形象唤醒每个能够保护海狸家族的人。一个月以来艰难地寻找“小朋友们”导致“灰猫头鹰”身上的一道旧的弹片伤口裂开了，他无法工作。大卫·白石了解到朋友的处境后，毅然辞去新工作来帮忙。

大卫·白石若有所思地坐在湖边，看着岸上木桶的残骸，他好像想到了什么。他摇了摇头，对着阿纳哈雷奥意味深长地微微一笑，他以前从未这样笑过。

“你知道吗，”他说道，“我也很想看到海狸围在我的身边。”

原来，他打听到，距离这里二十五英里有一座像巴西里约热内卢的“糖面包山”那样的山脉，那里有海狸，他想去弄几只，这样海狸便会再次出现在这里，生活在人们的身边。听到这个消息，阿纳哈雷奥想给大卫帮忙。他们很快收拾好行装出发了。他们在“糖面包山”附近的确找到了海狸，当时巢穴里有四只海狸，但老人只带走了一雌一雄两只小海狸，留下了海狸妈妈，因为他知道成年海狸忍受不了被囚禁，会死掉。

阿纳哈雷奥把小海狸装在袋子里，一路背着，到家时，两只“小肉团”一样的小海狸又惊又怕又饿，每只体重不到一百克，都可以放进容量半升的广口瓶中。它们非常弱小，小到身体里生命气息微弱。大卫又待了两个星期，帮助照顾小海狸。但是，无论他们多么努力，那只叫“糖面包”的雄海狸还是没有挺住，死了。雌海狸也处在濒死边缘：它既不吃面包，也不喝炼乳，头朝着箱子的一角一动不动地趴着。

就像我在前文所说的，尽管当地人理解不了印第安人对动物的依恋，以及他们对自然的态度，但人们对此存有好感，他们同情并竭尽全力帮助印第安人。关于如何医治患病的小海狸，人们提出了很多建议，就算是人，也未必会得到如此多的关注。一位妇女提议由她提供牛奶，两名医生（镇里总共也就两名医生）都来参与营救小海狸的行动，他们建议对牛奶进行充分的稀释，使牛奶的成分接近于海狸的母乳。一位爱尔兰老妇人自告奋勇地来照顾小海狸。需要每隔两个小时用注射器给小海狸喂一次牛奶，老妇人和她的丈夫这对可敬的老人下定决心要把小海狸救活：他们相互配合着，一个人手捧着小海狸，另一个人把注射器里的牛奶喂到小海狸嘴里。在用注射器喂了三四次牛奶后，小海狸变得不那么虚弱了。两天后，小海狸完全康复，开始表现得既勇敢又独立，凭借这些优秀品质，它后来成了北美最著名的野生动物之一。

是的，这只雌海狸——现在著名的“银幕明星”、“社会第一宠儿”、海狸王国的“女王”杰丽·洛尔的首次出场确实有点儿狼狈，要知道，这个杰丽·洛尔现在可是渥太华政府会议上都在谈论的重要人物！杰丽·洛尔康复后，营地被移到了特米斯卡瓦塔——麦金尼斯和麦金蒂最后离开的河口那里。印第安人还心存幻想，希望有一天麦金尼斯和麦金蒂能回到这里，他们觉得，如果海狸们能回来，很大可能是回到这里。在溪流附近宁静的小河湾里，杰丽·洛尔开心地在浅滩上挖洞，用小木棍架起有趣的屏障，或者在通向帐篷的小路上来回飞奔。

它迅速成长，刚刚变得强壮些，便开始拖曳杂志、蔬菜、柴火和所有引起它注意的东西。它的所有举动渐渐表现出很显著的个性，这种个性让它从容应对生活中可能出现的所有变故。它根本不想住在帐篷里，更喜欢自己在池塘里亲手建起的四五间房子中的一间。如果忽略它对人类偶尔自然流露的依赖或激情爆发，那么，它与自己的前任没有什么相似之处。它很早就失去了同伴，因此这种失去对它而言没有任何影响。麦金尼斯和麦金蒂的特点是对人的依赖，杰丽·洛尔则相反，它将人类及其财产视为自己的自然生存环境。

印第安人对动物的热爱，对自然的伟大情感，显然给城市居民留下了越来越深刻的印象。他们对森林居民的好感不断增加，最后，尽管宗教、语言、肤色不同，但人们依然友好地承认印第安人是该镇的市民。每到节日，人们就一批批地纷纷划船到“印度安”河岸，在白桦林的树荫下野餐。杰丽总是仔细打量每个人，这种认识陌生人的方法保留至今。用眼睛检查完每个客人之后，它从来没有对客人中的任何一个表现出特别的偏爱，只是带着轻蔑的表情跑开，逗得大家哈哈大笑，也许有人是松了口气。在这些客人中，有时会出现非常受人尊敬的人，例如，有一位资深学者，他是语言学家，还研究人性，他对“灰猫头鹰”的生活产生了极大的兴趣，并非常专注、极其友善地对其进行了研究。

起初，“灰猫头鹰”和阿纳哈雷奥与客人在一起时有些拘谨，但是客人的机智和细心很快化解了所有的尴尬。自法国最早的移民开始出现在北美大陆后，除了法国人，没有人能与印第安人和谐相处，这是一种风俗，并一直延续到今天。只有在法国人中间，红色人种才不觉得自己是应该从地球上被抹去的生命。直到现在，在这个科巴诺小镇的氛围中，人们的言行之间还都保留着刻在骨子里的礼貌和对他人感情的本能尊重。男孩们在穿着驯鹿皮夹克的人面前礼貌地脱下帽子，女孩们腼腆地羞红着脸向被征服的种族的女人鞠躬。女人们微笑着打招呼，男人们停下来友好地交谈。印第安人不常拜访这座小镇，有时要挑很重的担子返回营地，这时，人们会走下人行道，给他们让路。这绝不是虚情假意、掺杂自私目的的礼貌。

比如，小镇上如果发生了火灾，所有人都会赶去灭火，帮助受灾者。如果有人死了，那么，在送葬队伍行进时，小镇停止一切活动，店主们走到街上，脱帽致敬。死者的名声此时无关紧要：他死后，对其过往要保持沉默或只说好话。在人类生活的激流中，小镇像唯一宁静的小河湾,这里没有阴霾,人性的棱角被磨平了,于是,我们的印第安人也与白人和解，忘记了自己是来自被灭绝的种族。

大卫·白石为了帮朋友做事，常常推脱一些工作，所以，他的位置很快就被人取代，别的工作也没有找到。“灰猫头鹰”和阿纳哈雷奥欣然接纳了他，大卫于是成了家庭一员，开始分享他们的一切。第二篇随笔的稿费到了，在还清所有欠款后，他们还补充了生活物资。“灰猫头鹰”买回了食品和杂货，大卫在附近的森林和湖泊中捕到了鹿和鱼。一个自给自足的小团体就这样形成了。如果没有对北方的不断思念，或者不去回忆过去和谈论未来的计划，他们大概可以这样无忧无虑地生活很久吧！

可是，这种收支平衡的生存状态无法令印第安人长时间满足。在这里，“灰猫头鹰”找不到任何机会，也看不到可以实施“海狸殖民地”计划的希望。同样，大卫也时刻挂念着自己的金矿。慢慢地，每个人的心中都充满了对金矿的向往：大卫需要金子安享晚年，阿纳哈雷奥对淘金具有家族遗传的热情，“灰猫头鹰”则需要资金来建立自己的禁猎区。他们对寻找金矿的行程进行了深思熟虑，唯一缺少的，就是资金。

已经是七月，不能等到秋天，现在就需要考虑冬季的储备和三个人预计的开销，因为这次驾驶超载的独木舟要航行两百多英里，还要走很多陆路通道。金矿是大卫的，为了不两手空空加入这支淘金队伍，“灰猫头鹰”决定赚些钱。为此，他开始特别留心观察杰丽的生活。很快，他便以全新的视角写出了几篇短篇小说和一篇长篇随笔，内容都是有关野生动物的。

“灰猫头鹰”将这些作品读给懂英语的人听，听众们说，这些作品让他们感到心情愉快。“灰猫头鹰”的听众中有一位好像是公众演说家，他说他听到的内容是进行演讲的好材料。但是，“灰猫头鹰”的法语水平还达不到可以演讲的程度。附近有个叫“梅蒂斯-比乔”的地方，它是一个度假村，位于圣劳伦斯河南岸，那里的人都说英语。虽然距离有点儿远，但“灰猫头鹰”想试试运气——他真的很想与人分享自己的经历。因此，“灰猫头鹰”没有犹豫，便将自己的工作交给了大卫。阿纳哈雷奥希望陪着他一起去，于是，两个人带上杰丽·洛尔、食物、扎营的装备，坐上了开往“梅蒂斯-比乔”的火车。

印第安人像往常一样一贫如洗地来到了目的地，两个人口袋里总共只有一美元六十九美分。可是，举办演讲会需要一定的费用，如广告费、组织者的酬劳等。但是，在解决经济困难之前，他们还遇到了意想不到的阻碍——搭建营地需要获得许可。幸运的是，他们遇到了一个法国人。这个法国人允许他们在他的土地上搭建帐篷，这个难关总算是过去了。但是，随后又出现了一个很棘手的新问题：演讲前必须进行自我宣传。这一点，印第安人做不到！听到这个消息后，“灰猫头鹰”和阿纳哈雷奥像两只软体虫子落在了撒满盐的碟子上一样，一下子就蜷缩成了一团。演讲是一回事，做自我推销就太庸俗了。因此，他们再次陷入了困境。习惯了在水边生活的杰丽在箱子里已经歇斯底里，接近疯狂，它不断地尖叫。“灰猫头鹰”夫妇俩在这种紧张不安中度过了两个星期，一想到演讲，他们就感到倒胃口。

“灰猫头鹰”和阿纳哈雷奥曾尝试过向人们说明自己的想法，却屡屡失败。他们生气地将自己困在不友好的大西洋岸边的帐篷里，想与外界隔绝。杰丽因想念在水里的自由生活而日渐消瘦，然而主人不能把一只小海狸放入大海，这样做太危险了。大卫写信给他们，祝愿事情进展顺利。但实际情况是，所有储备的物资都要用完了。他们已经想给善良的科巴诺小镇的店主发电报了，店主曾经承诺会寄钱帮他们渡过难关，或给他们买回程票。但是“灰猫头鹰”克服了沮丧情绪，一个人来到一片残存的树林里，写了一篇约五千字的演讲稿。与此同时，印第安人来此地的意图传遍了整个度假村，一个几乎拥有这里的所有土地的第一批定居者终于同意划给他们一块地搭建营地，而且那里还有一个小池塘。杰丽·洛尔又过上了快乐的生活。

同时，度假村里一位声望很高的女士对“灰猫头鹰”的计划产生了兴趣。她读了他的演讲稿，很欣赏他的思想和对大自然的感情。她非常坚定地支持“灰猫头鹰”实施这一有趣的冒险，凡事亲力亲为，一人身兼数职，既是秘书、组织者，又是财务主管。她年轻力壮的几个儿子和她的朋友们帮助卖票。事实证明，她在这方面有出色的才能，她画了很多海报，确定了演讲的日期，把地点定在了舞厅。此外，这位善良的女士还向“灰猫头鹰”提出了很多有价值的建议，告诉他公开演讲时需要注意的一些事项。

约定的夜晚到了。“灰猫头鹰”和阿纳哈雷奥低调地从后门进入了大楼。他们坐在大厅后面的屋子里等待出场，心里还在担心杰丽：它可不要打翻了帐篷里的牛奶，不要被呼啸而过的汽车轧到。“灰猫头鹰”一想到即将进行的演讲，就宁愿躺在汽车车轮下的不是杰丽，而是自己。

终于，演讲者被邀请入场，“灰猫头鹰”感觉这段路仿佛是通向死刑执行室，这是他一生中最勇敢的行动。阿纳哈雷奥跟在他身后，给予他精神上的支持，尽管实际上，两个人茫然失措的样子更像是两个牵着手走路的盲人。当“灰猫头鹰”面对拥挤的大厅里数百张看向他的面孔时，他感到自己的表情就像是一条蛇吞下了一根冰柱，从头凉到脚。幸亏救星就在旁边。赞助人女士走到前面，发表了简短而措辞精练的开幕词，全场的人为她热烈鼓掌。接下来，一片寂静，是时候投入“战斗”了。事后，“灰猫头鹰”在描述他迈出的人生中这一决定性的一步时这样写道：“我把目光停在第一排一张友善的脸上，突然发现自己在说话。我听到了低语声。人们彼此看着对方，点着头，似乎对听到的话很感兴趣。然后我有了信心，开始专注于自己的演讲，直到最后结束。有一瞬间的安静，然后响起了经久不息、震耳欲聋的掌声。我一阵眩晕，不敢相信这样的掌声是为我们响起！上校站了起来，简直难以置信。他说，这不是演讲，而是一首诗。掌声再次响起，然后所有人都围着我们，和我们握手表示祝贺。”

随后“灰猫头鹰”又进行了几场演讲。他们应邀在一些酒店大厅和礼堂里演讲。演讲时，阿纳哈雷奥一直站在他身旁，这对她来说太难了：需要付出多大的勇气，才能克服羞怯的心理保持镇定自若！一些父母带着孩子来听演讲，他们请求“灰猫头鹰”教给孩子们一些生活在森林中的印第安人才有的智慧。“灰猫头鹰”没有拒绝这些天真父母的请求，也许，他的故事和建议多少会对孩子产生良好的影响。阿纳哈雷奥作为女人，受到了孩子们的巨大欢迎。她的猜测没错，孩子们非常喜欢迷人又有些残忍的易洛魁族人尼诺·鲍乔的故事。

至于“灰猫头鹰”，他完全没想到，处在某个年龄阶段的孩子对嗜血的故事那么感兴趣。他更多关注的是人类对居住在森林中的最弱小的生物的同情。当然，接受能力强的孩子很容易就理解了“灰猫头鹰”的想法。但是，有一次，在回答听众问题这一环节时，“灰猫头鹰”被弄得措手不及。一个大约十三岁的高个子男孩站起来问道：

“您杀过人吗？”

“没有！”“灰猫头鹰”有点儿心虚地承认。

他在说“没有”时，好像在为自己的小疏漏道歉。

“剥过人的头皮吗？”这个未来的“检察官”继续追问道。

“没有！”“灰猫头鹰”接着回答道。

男孩露出一脸轻蔑的表情，说道：

“那——您就是一个笨蛋！”

杰丽经常在听到诸如此类的对话后，发出各种声音表示对无聊演讲的不满，它的抗议活跃了现场气氛。不管是好是坏，“灰猫头鹰”靠演讲赚到了钱，在银行开了一个活期账户。印第安人的营地总是被一群孩子包围着，杰丽成了“梅蒂斯－比乔”村最受欢迎的明星。回到家后，大卫兴奋地迎接“灰猫头鹰”和阿纳哈雷奥，很久都无法从震惊中回过神来。他不能相信“灰猫头鹰”的冒险经历都是真的，但必须承认银行的活期存单和一个好心人提供给他们的两张到阿比蒂比的火车票。是的，不仅是大卫，就连“灰猫头鹰”和阿纳哈雷奥也有些精神恍惚。现在他们自由了，他们可以去实现深埋在心底的计划了！他们可以回到浪漫、充满野性、自由开放、严寒的北方了！他们终于可以离开这个让人伤心、丑陋的地方，忘记饱受摧残被毁灭的森林，以及所有令人心痛的苦难回忆了！

剩下的时间不多，而且还有很长的路要走。因此，第二天，淘金者们收起了营地的帐篷，出发去了火车站。独木舟连同所有物品被装上行李车，杰丽被装在通风的盒子中带上车厢。“灰猫头鹰”坐在车站里，等待火车的到来，他看着特米斯卡瓦塔，望着远处图拉迪湖口静静矗立的黑黢黢的“象山”，若有所思。每个人都知道对方在想什么，三个人的想法确实是一致的——都在想着麦金尼斯和麦金蒂，这两只心爱的小海狸也许就生活在这里的某个地方，藏在这些顶端长满松树的花岗岩悬崖的后面。这两只小生灵牵动着他们内心最深处的情感，因为它们唤醒了阿纳哈雷奥作为一个女人的所有柔情，因为它们，“灰猫头鹰”为自己打开了不曾梦想过的宽广的自由之路。现在，“灰猫头鹰”多想到这些悬崖后面，坐在那里写作，寻找失去的朋友，等待它们的归来，而不是找金子——他从来就没喜欢过这件事。

相反，阿纳哈雷奥作为淘金者的女儿，她从心底渴望去淘金，但看着那片悬崖，她也不由得想起亲爱的麦金尼斯和麦金蒂，也许它们就在悬崖后的某个地方生活着。现在，为了金子，她放下了找到它们、等待它们回来的责任……我们需要回想一下，清晰地回顾这些森林人的生活，再把他们的生活与所谓的现代人的生活进行比较，才能理解接下来要发生的事情。

“我要回去。”阿纳哈雷奥压低嗓音说道。

“灰猫头鹰”立即明白了她的想法。他拿起为了长途旅行而用心包好的猎枪。

“你说得对。”他表示赞同，“我们两个人中必须有一个留在这里。我留下来。”

说完这些话，“灰猫头鹰”顿时感到全身轻松。在此之前，他从未改变过自己的决定，但这次的改变是正确的：他根本不是淘金者！而且，杰丽也不喜欢坐火车长途奔波，它甚至可能会因此丧命。于是，“灰猫头鹰”和杰丽下了车。剩下要做的就是从行李车中拿出一个帐篷、一些食物和个人物品，对自己心爱的老独木舟说“再见”。当然，“灰猫头鹰”非常清楚他珍爱的人多想完成这次远行。大卫走下车厢，来到站台。他脸上的表情坚定而严肃，眼神中闪烁着不安：印第安人从来不会随随便便分别。

“帮我照顾她，老兄！”“灰猫头鹰”说道。

大卫有六十七年的旅行经验，“灰猫头鹰”知道把妻子交到这样的人手中，也许比他自己照顾更安全。

“是的，我会的。”大卫简单地说道。

“请所有乘客上车！”车站发出了指令。

大卫使劲眨着眼睛，忍住眼泪，紧紧地握了一下“灰猫头鹰”的手，踏上已经开动的火车，喊道：

“我们一定带着金子回来。不用多久，我们就会一起开怀畅饮！”

然后，火车渐行渐远，像印第安祖先一样，大卫从远处大声喊着：

“嘿——嘿——呀！”

火车加快了速度，“灰猫头鹰”紧紧地盯着那两张棕色的脸，以及随风飘扬的黑发和挥舞着的手臂。他们变得越来越小，直到火车转弯，一切都从眼前消失了。于是，“灰猫头鹰”将行李放到货车上，用一只胳膊紧紧抱着杰丽，沿着空荡泥泞的街道走向渡轮，他要回到图拉迪。

II. 与“女王”相依为伴的冬天

要适应孤寂的生活很难。勇敢、忠诚、与他共同经历了考验的阿纳哈雷奥走了。那个告别时眼神激动、也许是平生唯一一次失态的大卫现在也走了！“灰猫头鹰”在痛苦的思念中感到自己的灵魂赤裸、空虚、疲惫、饥饿、迷失了。

印第安人对自己东西的眷恋不亚于对人的依恋。现在，不算服兵役，这是二十五年以来第一次，“灰猫头鹰”身边没有了独木舟。这种感觉就像是骑手出现在沙漠，却突然发现身边没有了马一样。这条独木舟是他在许多枯燥的旅行中的忠实伴侣，对他来说就像一个生命般的存在。的确，他为能够将其赠予大卫而感到自豪，而大卫为拥有这份礼物而感到自豪。尽管如此，但当“灰猫头鹰”最后一次碰摸独木舟上因为长时间划桨而磨损的地方时，他仍能感受到作为船长的兴奋，他的眼前浮现出心爱的小船驭浪前行的情景。唯一让人感到安慰的是，独木舟将由配得上它的人驾驶，去做有意义的事情。阿纳哈雷奥的平安掌握在这个人的手中，她踌躇满志地去寻求幸福，却不知道自己在严酷的现实中会面对什么，因此，她需要这样一个人的帮助。他们划向拉布拉多半岛，严寒气候和风暴可能使人恐惧，但不会吓倒像阿纳哈雷奥这样的印第安女儿。在这方面，“灰猫头鹰”并不替她担心，他自己却是一生中第一次感到如此孤独，身边只有一个有趣而活泼的伙伴——小海狸杰丽。也许杰丽也感到孤独，但它从未表现出来。

杰丽已经不再是幼崽，它长成了漂亮的大海狸。它总是快乐、活泼，身上棕色的皮毛美丽、蓬松、闪着光泽，阿纳哈雷奥曾每天骄傲地梳理它。

无论心情怎样，都必须立即为过冬做准备。在当地人的指引下，“灰猫头鹰”在“象山”五英里之外的一个小湖边发现了一个精心建造并保存完好的木屋。一条林间小路通向那里，大部分路途经沼泽。“灰猫头鹰”租了一辆推车运输物资，自己则步行到那里。“灰猫头鹰”把杰丽装到袋子里，背在身后，它的头和手露在外面，可以四处张望，观察周围的环境。“灰猫头鹰”现在觉得，他正在远离新旧生活的分界线：他在向前走，迈入新生活，背后这个喜欢尖叫的“小孩”就是证明。杰丽自顾自地说着话，嘟囔着什么，不满地咒骂着，揪着“灰猫头鹰”的头发，此时的“灰猫头鹰”怎么也想不到这个“小傻瓜”日后会成为一位著名的“女神”，和他一起声名远扬。

杰丽出生后的这五个月，生活一片混乱。它被火车、货车带到各个地方，被装在各种箱子里，还当过演讲会上的重要展品。尤其是最近，它在马厩里度过了整整两天的时间——没有池塘，只有一个木盆，没有白杨树树枝，只有油炸饼。难怪现在这位“女演员”在“灰猫头鹰”背后的袋子里发疯似的扯主人的头发。但是，这段路程很短，他们很快就来到了一个地势高、水很深的小湖边。在这里，杰丽可以随心所欲地在水面转圈，潜入湖水深处。这里的黏土也可以满足它的游戏需求，它可以在岸上用黏土建造海狸小屋。这里甚至还有不知什么时候一个海狸家族留下来的很长的洞穴，洞穴的尽头是一间“卧室”。

杰丽从未有过如此幸福的生活，因此起初它完全是沉醉其中的。它睡在离湖边小屋半英里处的洞穴里，但是，每天傍晚日落时分都会出现在小屋附近。它会用手抓门，请求放它进去。夜里，它也喜欢到主人那里走走，待一个小时，好奇地检查他在做什么，忙什么。它对床特别感兴趣，会自己熟练地爬上去，想要离开时，就从床上滚下来。“灰猫头鹰”经常半开着小屋的门，早晨醒来时，就会发现杰丽在身边熟睡着。

同时，“灰猫头鹰”的写作生涯又出现了新的转机。有一天，他偶然看到一本专门宣传自然保护理念的体育杂志。杂志中刊登了安大略省一位作家的一篇文章，“灰猫头鹰”对这位作家很了解，他是一位理论家，根据别人的经验写出的文章在很多方面对读者进行了误导。“灰猫头鹰”立即在小镇写了一篇纠正作者错误的文章，寄给了杂志社。这家杂志社是“加拿大森林协会”的官方机构，随后，“灰猫头鹰”成了该协会的终身会员。这是“灰猫头鹰”在自己的国家发表的第一篇习作。文章发表了，“灰猫头鹰”成了该杂志的固定撰稿人。那本刊发过“灰猫头鹰”两篇随笔和若干封他在寂寞忧伤时写给出版商的长信的英国杂志也没有忘记“灰猫头鹰”，寄信来，约他写书。

“我接受了写书的提议。”“灰猫头鹰”写道，“当时真是毫无头绪。当我开始考虑这件事时，却发现自己对写作技巧一无所知，我感觉最大的困难是如何描述一个事件，事件中我既是旁观者，又是主角，还要避免在描述时过度使用第一人称代词引起的不适。我知道两种方法，第一种是平淡地以第三人称‘他’来指代作者；第二种是用‘一个人’代替代词‘我’。但是，在我看来，这似乎是在玩弄文字。这种不自然的代替给故事增加了可怕的虚伪成分，这与我钟爱的自然、简单而崇高的话题是不相称的。后来，我发现这些有时看似方便的形式可能会是某种支吾躲闪，在支吾躲闪之下隐藏着人最纯粹的自私心。这就是我决定不写个人传记，而只写有关北方的系列随笔的原因。但是，在真正的书中，我决定允许自然，也就是无自我的‘我’少量适时地存在。”

“灰猫头鹰”收到了许多请求出售杰丽的信件，他不得不不断地向人解释说，有些东西是不能出售的，多少钱都不能诱惑他与心爱的动物分开。有一封信来自邻近的“巴黎圣母院”村。应发信人的邀请，“灰猫头鹰”即使没有任何与杰丽分开的打算，但还是去拜访了他。

这个人驼背，是个驯兽师。他有个类似马戏团的动物表演团，并以此为生。表演团里的动物主要是狗，这些狗会跳舞，有一只还会走钢丝。他还有一只个头很大的熊，会摇手摇风琴的手柄，骑三轮自行车。这只熊还会扛着枪，在听到枪声后倒下装死，然后再按主人的口令活过来。熊和狗一起在留声机伴奏下起舞，为了保持舞蹈有序进行，“驼子”也走在动物中间，看起来，好像他也在和动物们跳舞。“驼子”比熊矮点儿，因此，视觉上是熊在领舞，跳着奇怪的舞蹈。在光线昏暗的画廊里，这些舞蹈让人毛骨悚然。“驼子”绰号“巴黎圣母院的驼背人”，他很有名，许多人都觉得他是一个可怕的人物。但是随着进一步的接触，就会发现他丑陋的外表下包裹着最柔和、最善良的灵魂，任谁都会相信他说的话，他只靠善良和耐心训练动物，并取得了现在的成就。

他的表演中最引人关注的是他说话的声音很轻，几乎听不见，因此，动物的顺从就像是合作和自由地参与。不久，这个人死了，他在死前表达了对马戏团命运的深切担忧，结果不幸真的发生了：他的马戏团被解散，动物都跑散了。那只被放生的熊不习惯在森林里生活，尽管被村民赶走很多次，它还是回到那所老房子，直到被一个胆小的农民杀死。

大约就在这时，阿纳哈雷奥的信终于到了。她的信里表达了与“灰猫头鹰”同样的孤独感，还有，他们那里的一切都很顺利。在发这封信时，阿纳哈雷奥正准备划着超载的独木舟到铁路以北二百英里的奇博加莫湖。阿纳哈雷奥说，他们在魁北克市经历了一些意外：大卫不见了，消失在了数不清的小酒馆中。在等了两天后，阿纳哈雷奥终于下定决心去找他，她挨个小酒馆打听他的消息。当然，所有人都认识大卫，有人说最后一次见到他时，他醉得一塌糊涂。想到他在醉酒时会表现出对宗教的万分虔诚，阿纳哈雷奥决定去教堂找找。她从最大的教堂开始，然后走遍了所有的教堂，但还是没有找到大卫。无论是教堂，还是小酒馆，哪儿都没有他的踪迹。阿纳哈雷奥接下来去了警察局，那里也没人知道大卫的消息。最后，她在火车站找到了疲惫不堪、饥肠辘辘的大卫。原来，大卫在小酒馆喝酒喝得忘记了时间。他以为自己误了火车，阿纳哈雷奥丢下他，一个人走了。这个可怕的想法吓得他随便跳上了一列火车。没有票，没有钱，身上什么都没有，而且在火车行驶了大约六十英里后他才感觉方向不对，于是匆忙跳下火车，费尽千辛万苦才回到了魁北克。

这个故事让“灰猫头鹰”惊出了一身冷汗，在读到他们现在已经在森林里划着独木舟时，“灰猫头鹰”才平静下来——森林里没有人比得上大卫，那是他的主场。狩猎季节开始了，森林里到处都是猎人。“灰猫头鹰”的生活开始变得紧张起来，他不得不整夜守卫着杰丽的活动区，有时甚至睡在小海狸洞穴附近。就算如此，他也没有对人们抱有不好的想法，他认为人们不会抢走或杀死杰丽，但他一想到麦金蒂和麦金尼斯的境况，就不禁担心总是有那么一两个凶手存在。正因为如此，他才不得不睡在小海狸洞穴旁边。

在保护杰丽这件事上，那位声称拥有这个地区狩猎权的猎人出乎意料地帮了忙。他没有企图赶走“灰猫头鹰”，反而给了他一条独木舟，并画了一张地形图。因为可以在水上活动，保护工作变得简单多了。狩猎季节结束后，猎人们纷纷离开，森林里变得空旷起来。“灰猫头鹰”和杰丽各自开始为过冬做准备。小屋附近的一股湖水流经泥炭般的沼泽地，周围长满了卡累利阿桦树，“灰猫头鹰”开始砍树，储备过冬柴火。

杰丽给自己选择了一个风景优美的地方。它在一条小溪边定居了下来，这条小溪沿着林木茂密的山谷流向山下。杰丽用黏土、木棍和青苔建造了一个完整的堡垒。堡垒的里面有一张干净整洁的木屑床，是它用偷来的木板做成的。还有一个小食物储藏室。但它孤单一个在这里，大概有时会感到无聊，所以经常下山，在营地里待上几个小时。下雪时，它害怕走雪路，“灰猫头鹰”就亲自去拜访它。通常，它远远地就能听到“灰猫头鹰”的脚步声，然后尖叫着打着招呼朝他跑去。就这样，他们互相拜访，动物和人的关系变得异常亲近。

“灰猫头鹰”有时会连续坐上几个小时，观察小海狸工作，偶尔还会动手帮忙。水面结冰后，杰丽来小屋的探访被中断了，“灰猫头鹰”常常把它放在箱子里，背在身后，带回小屋。显然，这样的旅行并不会让杰丽感到不悦，一路上它都在发表长篇演讲，想办法保持与人对话。它秘密地在冰下铺了一条回巢穴的路，通过这条密道它总能安全到家。可是，为了安全起见，“灰猫头鹰”还是拿着手电筒陪它沿着水边走，直到确信杰丽已经安全抵达才返回。两地距离超过半英里，聪明的小海狸想出了一个好办法，它将鼻子插入麝鼠的洞穴进行换气，这样就可以在冰层下补充氧气以顺利游过这段距离。

有一天深夜，杰丽离开后，“灰猫头鹰”睡着了，早晨醒来时，发现门敞开着，杰丽就睡在他旁边的枕头上。从那以后，杰丽再也没有离开过，显然它已经决定与主人一起度过这个寒冬。考虑到整个冬季的漫长时光，“灰猫头鹰”买了一个镀锌小水箱，在一堵墙边挖了一个坑，再将水箱放进坑里。“灰猫头鹰”观察了很久，发现杰丽很喜欢这个水箱，但对这个房子不太满意，就进行了改造。它试着用麻布和鹿皮堵住房子里的漏洞，然后，费了很大力气在小屋的一角挖了一条长长的隧道，掏出了一堆堆的污泥，而且把污泥像摊煎饼一样摊在了地板上。每次“灰猫头鹰”清理完这些污泥后，杰丽都会立即采取行动，然后半径六英尺范围内的地板就会再次被污泥覆盖。杰丽用这些污泥给自己铺了一条通向水箱的坚固的小道。它还在自己的房门附近建了一个游乐场，游乐场的地面被压得很紧实平整。

当杰丽确信“灰猫头鹰”不会再干扰它的工作，污泥也不会被清理走后，才停止折腾，不再破坏小屋了。如果主人再固执些，整个房子可能都会被小海狸掏空而倒塌。这些土方工程只是杰丽工作的第一步，接下来，要想平安过冬，还要改变营地内部的整体布置。到了晚上，它开始用柴火箱里的树枝搭一棵大树，顺着大树它可以很方便地爬上桌子和窗户。所有非钢铁制品都必须进行改造，改造的过程就像是破坏性的狂欢。从门下面的缝隙吹进来的小风引起了杰丽的特别注意，它把能用的材料都用来堵缝隙，尤其喜欢用毯子。主人的训斥只能暂时中止这种破坏活动，如果拍它几巴掌或打几下屁股，杰丽会尖叫着转圈、摇头，做出各种奇怪的滑稽动作，一岁的小动物这时显得非常可笑。

“灰猫头鹰”有时也会失去耐心，想对它进行严厉的惩罚。杰丽立刻就明白了问题的严重性：它站起来，盯着主人的脸，不满地大声辩解着，像是受了很大委屈一样愤怒地啪啪拍打主人的肩膀。可是，即使在这种异常愤怒的情绪下，它也从未用可怕的牙齿咬人。惹主人生气后，它通常爬进桌子旁边的箱子里，头趴在主人的膝盖上，眼睛看着主人，嘴里絮絮叨叨的，像是在说：在人与人之间的关系中，桌子有几条腿、斧头的把手坏没坏有那么重要吗？用这种方法，它总能得到主人的宽恕，因为事实上，它是如此美好的存在，谁会忍心一直生它的气呢？

经常是这样，“灰猫头鹰”坐到炉子附近的鹿皮地毯上，然后杰丽从洞里出来，将头搭在他的膝盖上，抬头看着主人，开始发出一连串音调高低起伏、摇摆不定的声音——这是小海狸在尝试着唱歌。在进行这些表演时，它的目光一刻也不离“灰猫头鹰”，让“灰猫头鹰”觉得自己有义务严肃认真地倾听它的歌声。人与动物每天都会这样在一起消磨时间，“灰猫头鹰”认为杰丽发出的旋律跌宕的声音是他听过的最奇怪的动物声音。

就这样，尽管存在一些分歧，人与具有人的行为举止和孩子声音的动物之间的关系，在这个冬天变得越来越紧密，这很可能是因为两者都很孤独。渐渐地，小海狸甚至开始把起床、睡觉和进食的时间调整成与人一致。营地、家具、床、储水桶、它的小巢穴和“灰猫头鹰”现在已经成了它的整个世界。它把这个人看作一只海狸，也许还期盼着当自己长到这只“大海狸”那么大时，会和他一起并排坐在桌子旁，或者反过来，这个人有一天会长出尾巴，变成它的样子。

“灰猫头鹰”经常要离开营地两三天去买食物。每次回来时，杰丽都兴奋地用力拍打他的腿，并试图把他撞倒。当他蹲下来询问这段时间它过得怎样时，它坐下来，头前后摇摆，或者仰面躺在地上打滚，笨拙地围着他跳。当“灰猫头鹰”卸下雪橇上的东西时，它会仔细检查每件东西、每个袋子，直到找到自己想要的苹果——它总是能找到。杰丽立即撕开苹果袋，用手拿，用牙齿叼，想办法拿起更多的苹果，然后站着走向水桶，在水桶边吃掉一个，其余的都放入水中。它不经常入水，沐浴后通常找个地方坐下来，再把皮毛里的水挤压出来，在做这些时，它的前爪像手一样灵活。它不喜欢坐在一汪水上面，这时，它会把桦树皮当作浴室的垫子坐在身下。但它很快发现，最好到床上去，那里的毯子吸水性更好。

有时，在主人的野蛮干涉下，杰丽气愤地停下走向床边的脚步转而去撕桦树皮，并把从墙壁上抠下的青苔铺在上面。它会定期把“床”从卧室里拖出来晾晒，它的床就是一些从地板上撕下来的、长长的细刨花和几块麻袋片，都被摊开放在地板上通风。过了一段时间，它认为“床”通风后足够干燥了，就搬回卧室。“灰猫头鹰”认为这两个程序是动物适应环境的优秀案例，尤其是晾晒“床”，因为如果在自然环境下，海狸是不会将“床”拿出来通风的，只要换一张新床就行了。

吃完饭后，它总是把盘子拖到墙角，直到把盘子紧贴着墙立着放稳才安心。经过观察，“灰猫头鹰”确信将盘子立着放是所有海狸的天性，它们希望保持家里的整洁，并把收集到的所有碎片、木棍都立着放在墙边。如果拿回来吃的树枝放在了不该放的地方，它就会把树枝拖走，整齐地码放在水边。它忍受不了散落在地板上的木棍和各种东西，会把它们都拿走，像扔垃圾一样堆到一扇窗户的下面。

但是，杰丽这种把它认为多余的东西都扔到垃圾箱的习惯殃及了主人的袜子、鹿皮鞋、一块洗衣板、一把扫帚等。扫帚被它看作清扫员权利的象征，它经常拿着扫帚进行巡视，可是有时会突然把扫帚倒过来，当作早餐享用起来。它从扫帚上咬下一根，拿在手上，用牙齿将其咬碎，速度快得就像吞剑表演者吞剑一样，同时发出像出现故障的缝纫机一样的咔咔声。因为这些扫帚，它和主人大吵过几次，直到主人意识到买把新的扫帚是解决问题的最简单的方法。

有时杰丽不愿意离开房间，就透过通风口用带着睡意的声音与主人没完没了地说话。它的声调时高时低，但始终保持着一种节奏，就像真的在说话。可能，这实际上就是它在试着与主人聊天？毕竟，主人提出的所有问题，这个毛茸茸的同伴都一定努力做出回答。不管是在白天、工作或进食时，还是在晚上睡梦中，主人说的话传到小海狸那里，都会得到回应。

去湖边打水，需要五桶水才能装满水箱，因此，杰丽知道水桶的叮当声是换水的信号。听到声音后，它会立即从自己的幽居处走出来，在“灰猫头鹰”的两腿间绕来绕去，监督主人出门时门是否关紧了，是否有可怕的冷空气从门外吹进来。这种帮忙虽然增加了工作的难度，但给海狸带来了巨大的快乐，“灰猫头鹰”也只好欣然接受。对小海狸来说，最大的乐趣是做禁止它做的事。当它做了坏事，看到“灰猫头鹰”靠近时，它的眼里甚至闪现出某种犯罪后的快感。它惊恐万分，害怕被抓住，尖叫着逃走！

它认为地板和所有它拿得到的东西都是它的。屋子里的大多数东西大约都在它够得到的两英尺高范围内。冬天最冷的时候，它没做出什么真正有破坏性的活动，完全满足于把东西从一个地方拖到另一个地方，或者研究如何挑选合适的材料添加到用各种东西摞起来的“土堤”上，这个“土堤”是它从居所到浴室水箱的通道。有些东西，如火钩子、锡罐、铁的捕兽夹等，它会把它们放在固定的位置，如果被移动了，它会将它们搬回去，无论被移走多少次，它都会不厌其烦地将它们搬回原地。

它专注忘我地做自己的每项工程，只在吃饭和用灵活的爪子梳理毛发时才休息片刻。它的个性中融合了猴子的顽皮与小孩子的任性。笨拙而淘气的打招呼方式会让一路奔波回到家后的“灰猫头鹰”焕发活力。它具有极强的自我意识和强烈的占有欲，对那些自己建造房屋并用自己的双手创造一切的生物而言，这很自然。毫无疑问，整个帐篷，都被它看作个人财产。即使有人从远方特地来看它，它也不会轻易让人进入自己的领地。在经过长时间的仔细检查之后，一些人被无条件地允许进入帐篷，但如果它不喜欢某个人，就会站在他的面前，努力将他推出去。客人们对此感到很震惊，他们开始称呼它为“女主人”“女湖主”和“女王”。在所有这些昵称中，只有“女王”这个皇家头衔保留了下来。必须说，“女王”统治它的小国的手段很强硬。

“女王”对“灰猫头鹰”的思想观念产生了积极的影响。大概是由于长期隐居的生活方式，与人见面对“灰猫头鹰”来说一直具有特别重大的意义。但是在阿纳哈雷奥出现以前，这些见面是偶然且极少的。那时，他周围的东西取代了人在他心中的位置。这些东西是经历过所有天气考验的独木舟，一对轻便的滑雪板，一把钢刃锻造得很好的、很薄的斧头，一捆用于背重物的结实的皮带，一杆打得很准的猎枪和一把做工精巧的飞刀。对“灰猫头鹰”来说，这些东西像是活的、有生命的物体，甚至是决定他的生活和幸福的活生生的一个社会。

阿纳哈雷奥走后，“灰猫头鹰”似乎应该孤单寂寥地回到他以前万分珍视的、已经被他虔诚地人性化的东西那里，但结果是，它们的位置完全被“女王”取代。不难理解！这个生物的生命不是人创造的，它是森林的产物，具有自己的理解力，它对人类诉说心里话，回应人的情感，它生命力旺盛。它与人类有太多共同的或相近的情感。正是这个擅长交际、爱家的动物，它顽皮、勤劳、自觉，满足了一个孤独的人对友谊的渴望，这是任何一个人都无法做到的，尤其是当对象是像“灰猫头鹰”这样拥有独立精神世界的人。

狗尽管依恋主人，并且忠诚，但表达自己个性的方式很少，而且它精力充沛的生活与人类相差甚远，狗通常过于顺从。杰丽则相反，它的举止就像独立的个体，做着人在同样境遇下为了保住尊严也会做的事情：它盖小屋，储存食物，构思并实施自己的各种计划，坚定而果断地坚持，拥有与人相似的独立精神，将人视为室友，与它地位平等，不附庸也不谄媚。

“灰猫头鹰”确实发现自己的杰丽就是这样的生命，除了训斥它的破坏性活动，他从未想过要在任何事情上凌驾于它之上。“灰猫头鹰”认为，在尝试与人进行某种交流时，海狸的行为有时很有趣，有时会引起别人的怜悯。海狸的情商远远高于普通动物。还要补充一点，海狸与人有着共同的兴趣——保持物品井然有序，保持房屋干净整洁。

很快，积雪已经足够深，可以在上面滑雪了，“灰猫头鹰”开始酝酿进行大范围系统的行动，他想最后确定麦金尼斯和麦金蒂是活着还是已经死了。即便是多雪的冬天，找到海狸的居住地对猎人来说也不是难事。“灰猫头鹰”决定在冬天尽可能确定所有海狸巢穴的位置，然后到夏天时再检查巢穴里生活着哪些海狸。很快，“灰猫头鹰”在距离小屋几英里处的一片水域又发现了三个海狸家族。这一发现并没有给“灰猫头鹰”带来多少欣喜，因为他已经完全放弃了在一个如此轻贱动物生命的国家建立自然保护区的想法。当然，丢失的小海狸麦金尼斯和麦金蒂可能寄居在任何一个海狸群，要确定它们住在哪里，这个问题只能等到夏天才能解决。

“灰猫头鹰”开始编写书的提纲，但他感到自己现在还没有能力写出这本书。他无法想象，怎么将这么庞大的内容组合成一本书。他想起在阿纳哈雷奥嫁妆里找到的那本被当作烹饪指南的《见闻札记》，就开始埋头研究书的形式、对话、观点、印象的统一性、风格等文学问题。所有这些术语中，“灰猫头鹰”比较了解的是印象的统一性，于是，他开始集中思考印象的统一性这个原则。对他来说，尤其困难的是如何把想到的所有内容列入提纲中。“灰猫头鹰”的故事都是自然写成的，没有任何预先的规划，并且最后，故事可能会朝着与读者预期完全不同的方向发展。

对阿纳哈雷奥处境的担心也影响了“灰猫头鹰”对这本书的构思。没错，尽管她装备精良，并且身边有一个对森林无所不知的男人照顾着，但她毕竟是去了一个到处都是大湖且暴风雪肆虐的地方。那里气候恶劣，相比之下，特米斯卡瓦塔的冬天就相当于那里的深秋。为了摆脱负面情绪对工作的影响，“灰猫头鹰”想到了去那个他文学梦想开始的地方，那里有他太多的经历和回忆。在那里就能完全专注于写作吗？“灰猫头鹰”没有多想，他将营地托付给一个新认识的可靠的熟人，然后套上雪橇就去了白桦树湖。

老屋的变化让人很伤感。尽管屋顶上漏了个洞，墙壁上也有裂缝，但小屋的整体外观还是像离开时的样子。然而，海狸大坝因为主人离去没人维护，倒塌了，湖也消退了，除了积雪，就只剩下光秃的石头和干枯的芦苇。没人住的海狸小屋高耸在枯竭的湖上，入口清晰可见。当然，没有水，麝鼠也必须搬家。鸟儿飞走了，一只陌生的松鼠看到“灰猫头鹰”后迅速逃跑了，只有巨大的松树仍默默地矗立在那里。

“灰猫头鹰”走进小屋，感觉自己像置身在庙里。庙里的所有“文物”还在原位，但漏水的屋顶没有起到保护它们的作用。著名的勇士的鹰羽头饰毫无生气地挂在那里，羽毛上落满灰尘；勇士的脸上没有了问候的表情，又变成了一块呆板的木头。木头雕像上曾经神似串珠项链的可爱图案已经看不出，有些地方甚至被水完全冲掉。倒在角落里的干枯的圣诞树，咬断的桌腿，被拔了毛的鹿皮地毯，地板上的饮水盘上面依稀可见的小海狸的齿印，窗户上阿纳哈雷奥亲手做的窗帘——所有东西都保留了下来。这座辛苦建造的堡垒依然如故，只是再没有小海狸的黑眼睛从洞中好奇地向外张望，也听不到它们细微、颤抖的声音。“灰猫头鹰”懊恼地坐到长椅上往日习惯坐的地方，后悔回到了这个破旧的废墟。他坐在小屋里沉思着，暮色慢慢降临。外面的天空被晚霞映得通红，从烟囱的裂缝和开口处射进来的光照在地板和墙上，形成了红色的斑斑点点。这束神奇的光让被烟熏得黑黢黢、空荡荡的房子变了样，它又恢复了往日的魅力，再次成为麦金尼斯和麦金蒂曾经的荣耀故居。屋子里的一切都焕发了生气。

“灰猫头鹰”燃起煤油灯，立即开始写作。他写了两个晚上，感觉自己的小朋友麦金尼斯和麦金蒂仍然活着，他用文字欺骗着自己和读者。为什么一定是欺骗呢？也许它们真的生活在这里的某个地方，甚至距此不远。不管怎样，麦金尼斯和麦金蒂现在活在“灰猫头鹰”的书中，并周游世界各地，从书里走进了万千大众的心里。

关于这段在干涸的白桦树湖附近的小屋里的创作，“灰猫头鹰”

写道："我疯狂地写了一个星期，耳边时时响起一个女人温柔的笑声和孩童般细微的声音。这些幻影坐在我旁边，动来动去，他们玩耍着，故事里的主人公在我眼前晃动，从前的生活一幕幕浮现出来。他们一点儿也不难过，相反，当我写作时，他们高兴地在我身边走来走去，以前不知用什么语言形容的思想，我也终于流畅地表达了出来。

"在这里，我终于明白，为什么这些小动物给我们留下了如此深刻的印象。因为它们的习惯让人觉得它们是小印第安人，它们是一个种族的象征，是我们与环境之间，空虚的土地上浮躁的灵魂与充满活力的气息之间的真实的联系——森林被砍伐，动物被灭绝，似乎表面上什么都不存在了，但事实上有些东西仍然存在。从某种非常现实的角度来看，这些海狸以及它们的天性很典型地代表着整个自然的根本。森林中最高等的动物是原始自然的化身，是会说话的自然，是所有原始生命的体现。通过它们，我对自然有了新的认知。我思考了很多关于这种精神转变，以及通过海狸发生的对自然的整体态度的变化。我认为，每种动物，甚至是每件东西，它们都有自己的位置和用途，在某种程度上完成着类似于使命的职责，尽管可能并不那么明显。

"我一生都与大自然为伴，但是，我从来没有像现在这样亲近大自然。因为以前我接触的只是大自然的一部分，而不是全部。与自然生命的密切接触和对它们的了解让我体内产生了一种能克制自我的积极力量，现在我清楚地明白，我没有能力去解释或描述这种感受，如果我开始做这件事，那无异于试图写下一部创作史。不，我应该利用这种自我局限性，坚持这个题材，并凭借个人的观察和经验去创作。印第安人滑雪的节奏，熊摇摆、自由的步态，随波起伏、飞快行驶的独木舟，骇人的急流瀑布，树梢的安静摇曳——所有这些都是这本手稿中的文字，相同的笔迹书写着令宇宙平静的恒定节奏。这不是对异教神话的崇敬，也不是崇尚动物与自然的学说，而是对世界上所有生物之间无处不在的联系的清楚理解。它让一个旅行者狂喜得大喊：‘印第安人、动物、山脉在相同的音乐节奏下跃动！’感受到所有生物之间无处不在的联系使我的作品成为这个联系中的一个元素。一棵树倒下，为另一棵树提供营养。生命在死亡中休养生息，这就是相互关系法则。这些文字不再是我的，现在我将它们看作回声，它不是一个骄傲的作品，而是渺小的我捕捉到的过去经历的回声。

“我真切地感到自己为此而生。当我在星空照耀下离开麦金尼斯和麦金蒂的房子时，对我来说，它不再是摆放在希望破灭的坟墓上的石头。总的来说，这不是终点，而是起点。临走前，我拿了两根去了皮的树枝、几条刨花、几根棕色的毛发和一根圣诞树树枝。我将它们紧紧地包裹在一块鹿皮中，它们是我的药，是我的幸福和图腾。我与幻影告别，把它们抛在身后，然后坚定地离开。我沿着那条令人难忘的小路向前走，除了我，再也没有其他人的踪迹。我感到身后某处小屋里的炉子旁，一个女人和两只小海狸正在嬉戏。”

III. 咬文嚼字

回到家后，“灰猫头鹰”收到了阿纳哈雷奥的第二封来信。她写道，她和大卫还活着，身体健康，但是靠金矿快速致富的梦想破灭了。他们晚到了二十八天，大卫的地皮已经被划给了别人，而且它确实是整个地区金矿储藏量最丰富的地皮。两个幻想着通过淘金获得幸福的人不得不在他们认为是自己的财产的地方工作，领取薪水。大卫的最后一个“黄金帝国”沦陷了，他迅速衰老，变成了一个风烛老人。大卫悲痛欲绝，被彻底击垮了。他现在已经回到了渥太华，想把自己的老骨头埋在祖先们身边，埋在那些会唱歌的松树下。阿纳哈雷奥现在只等河水开化，就一个人返回，但七月之前回不来。

就当下的情况而言，“灰猫头鹰”写书不单纯为了娱乐，而是最严肃的事情。他和杰丽能否离开异国他乡取决于这项冒险工作的成功与否。当然，无论是主人的工作，还是杰丽的工作都在如火如荼地进行着。“灰猫头鹰”不停地写，整夜整夜地写，只有需要给炉火添柴时才出去。

“灰猫头鹰”写道：“我从前不曾，现在也不觊觎很高的文学成就，这对我来说是遥不可及的，我只追求语言表达色彩的工整。当年我是这种感觉，现在也没有改变。如果学识浅陋的我去关注写作的技巧美，那么，我的思想就如同穿上了铁衣，而不是大自然用来庇护最黑暗现实的柔软的衣服。如果我认为把应该放在次要位置的词语放在首位会更好地表达思想，那么，我这么做所遵循的原则，就像用滑雪板铲雪比铲子更方便，用斧柄而不是用斧头在树丛中给自己开路一样，事倍功半。我无疑对自己矫揉造作的英语一直是鄙视的，但是现在，好像也可以使用它。我把它从尘封三十年的冷库中拿到光线下审视，我意识到自己的词汇量极度贫乏，需要提高。我花费了很多时间学习英语，从朗费罗[1]的长诗《海华沙之歌》到塞维斯[2]的《苏尔都语歌》，我挖掘出了一首首适合书里某一章节的诗句。有人告诉我这种方法早已过时，但是我需要表达，我也不在乎时尚。

“手稿越堆越高，已经达到十分惊人的规模。我经常夜里醒来进行修改，在页边上作注释。在写不下去的时候，为了达到想要的效果，我会大声地朗读给杰丽听，杰丽因为我对它的关注感到高兴，听到纸张的沙沙声后兴奋地转圈、翻跟头。我在床边摆了一张桌子，这样就可以坐在床上，随时拿起手稿，写下脑海中突发的灵

1　亨利·沃兹沃斯·朗费罗（1807—1882），19世纪美国最伟大的浪漫主义诗人之一。《海华沙之歌》是采用印第安人传说而精心构思的长诗，写印第安人领袖海华沙一生克敌制胜的英雄业绩，以及他结束部落混战、教人民种植玉米、清理河道、消除疾病等重要贡献。在美国文学史上这是描写印第安人的第一部史诗，但诗的素材主要来源于斯库尔克拉夫特的著作，作者缺乏直接的生活体验，而且诗的韵律完全模仿芬兰史诗《卡勒瓦拉》。因此这首长诗虽然当时受到了读者的赞赏，却遭到后代一些评论家的责难。——译者注

2　罗伯特·塞维斯（1874—1958），英裔加拿大诗人。他的作品中，最受读者欢迎的是那些描绘美国阿拉斯加州和加拿大西北部风光、歌颂那里的垦拓者生活的诗篇。——译者注

感。我在创作，杰丽也在孜孜不倦地实现着自己的目标，做着一些非常重要的事情，如把物品拖来拖去，不断变换位置，还做一些琐碎的家务活，如修补门下的裂缝或整理柴火堆等。

“它常常会挺直上身和我并排坐在床上，紧张地仰头看着我的脸，好像要弄清楚一个疑问，为什么我会在纸上奇怪地画来画去？它喜欢纸，纸张的沙沙声总能吸引它的注意。它痴迷于偷包装纸、杂志和书，然后将它们拽回家。和我一起坐在床上，它会不时地想要拿走笔记本和其他一些纸，我们会因此吵得不可开交，而且我并不总是占上风。

“有一天，它取得了超出我所有预想的成功。我忘了在床和桌子之间设置障碍，结果，当我出去拿柴火再返回屋里时，看见桌子上的笔、灯、碗碟，以及包括书本在内的所有东西都被打翻在地。它拿走了所有手稿，以此证明它对我的文学作品有多么认可。地板上散落着几张纸，其余的都不见了。我光顾了罪犯的家进行搜索，却遭到对方充满恐惧的尖声抗议。我把它从洞里拉出来，无视着这个小鬼徒劳地挣扎，向我宣告自己拥有对这些东西的所有权。我最终还是把手稿，连同熏黑的木火钩子和一段铁丝一起抢了出来。

“幸好只丢了一页，其他的都找到了。不用怀疑，杰丽是用牙齿紧紧咬住整堆纸叼走的，因此纸几乎没有破损，但是，都混成了一团！想象一下，大约四百张杂乱的纸，纸的正反两面用铅笔密密麻麻写满了字，还有随处添加的词语、句子，粘贴在纸上的便笺，用破折号、箭头和其他神秘符号衔接的内容，最重要的是所有手稿没编号……您能理解这是多大的麻烦吧！我花了三天时间才整理好这些手稿，有时还需要重新抄写。这一次，我仔细地标上了页码。

“就这样，杰丽和我即将完成我们的书稿。我的思想总会回到枫树环绕的群山间咆哮的密西沙加，听到奥布里瀑布[1]水流落在黑红色岩石上雷鸣般的轰响，来到格罗斯开普[2]，看到那里陡峭的花岗岩墙和长在凸起处的多疤干枯的松树，进入黑暗的松树林，闻到桦树、柃树、白杨树树叶的枯萎气味，感受着独木舟船桨低沉有节奏地敲打船舷，渐渐熄灭的篝火的余烬中升起蓝色烟雾，眼前出现了在湍急的小溪旁的红色松树下扎营的平静且目光如炬的印第安人……在我的心中，无时无刻不在思念着这个朴实善良的民族，想念年少时的同伴和师长，因为我们走的是相同的道路，信仰的是同一个神灵。现在这个民族正处在饥饿濒死的边缘，人们坚韧、恬淡、绝望地生活在烟熏的住所，在荒芜贫瘠、被洗劫一空的土地上奄奄一息，这是‘文明进步’带给他们的生活。

“我想到那些可怜垂死的小孩，还有面无表情、整夜不眠地守着他们的父母，他们赶走苍蝇，直到小孩像小海狸一样，在黎明前拍打着灰色的翅膀飞走。黎明前的灰暗时刻将无数灵魂带入了巨大的未知世界。我想到，我不满意自己的境况，但他们的情况比我更糟。我觉得我应该和他们一起，经受他们的苦难，分担他们的不

1　奥布里瀑布是典型的加拿大北安省瀑布，瀑布水量并不大，但背景的黑色岩石把瀑布映衬得粗犷有力。——译者注

2　格罗斯开普，加拿大安大略省的一个城市。——译者注

幸，就像曾经分享过他们幸福时刻的生活一样。

“圣诞节到了，我和杰丽一起庆祝了一下。我想，杰丽很快乐，因为它吃得太饱，直到第二天还明显看出它有些不舒服。孤单一人的节日，空虚而又忧伤。尽管这样，我还是在天花板上挂了一个纸灯笼，当我点燃灯笼里的蜡烛后，杰丽一遍又一遍地看向灯笼，终于让我觉得挂灯笼不是白费功夫，整个人也有了精神。之后，我收到了小镇人们的新年邀请，在给杰丽备好食物和水、把它牢牢地锁在烧得暖暖的小屋后，我在科巴诺度过了一个愉快的夜晚。整个城市都穿上了节日的盛装，身处这样的氛围，即使是最闷闷不乐的旁观者也会受到感染。大街上到处都是人，每个人都穿着自己最好的衣服。教堂的钟声响起，人们不时地从林中走来，在街上唱歌，整个城市充满了友善的气氛，无论天气多么恶劣，即使是严寒的暴风雪，也无法穿透或压制它。音乐从四面响起，有收音机里播放的狂歌，有留声机的咆哮，还有小提琴刺耳的声音演奏出的节奏狂野的吉吉舞曲和苏格兰‘八人’舞曲，人们甚至跳起了动作和技巧高难的复杂舞蹈，在舞蹈中，这个民族找到了情感宣泄的出口。

“这有些让我联想到印第安村庄里蕴含的团结精神，当我走过一排排树木间的狭窄街道时，一阵思乡之情涌上心头。但是很快这种情绪就退去了。四面八方涌来的人群不断地和我打招呼，握手，邀请我去做客。来到陌生人的家，我立刻被拉进令人陶醉的狂欢中。所有这些小镇人做得真诚而朴实，没有丝毫虚情假意。我完全忘记了自己是一个抑郁悲观的‘杂种人’，作为回报，我也全身心地融入他们之中。

“每个房子里都充满音乐声、游戏声和嬉笑声。这里没有凄凉、愚钝的‘节奏’，色情和荒唐的感伤，有的是愉快的卡德里尔舞，美妙的古老华尔兹舞，活泼的狐步舞。无论主人的家境如何，都摆上了丰盛的晚宴，即使只能给客人提供煎猪肉或鹿肉和精美的法式面包。他们都急着让客人吃饱，然后说着美好的祝愿送客人离开。当然一定还会喝几杯红葡萄酒。讲究礼仪的人（如果有这样的人）这时不需要装腔作势，因为在这种狂欢中，没有人留意谁，当晚许多一向庄重的人丢掉了尊严，直到第二天早晨才把它找回。

“有一个晚会上来了一位在小镇举足轻重的老先生。他到最后忘记了自己的年龄，大声说他可以，而且一定能从房子上跳过去（当然，他可以跳过不是太大的房子），并告诉大家他年轻时是多么的彪悍。他说，有一次，他中了流氓的埋伏，一个人挡住了整支队伍的进攻，还借着这些人的掩护转入反攻，他左右击打，出拳有力灵活（在讲到这一部分时，他时不时下意识地低头，像在躲避别人的拳头），‘敌人’惊慌失措，纷纷丢下被打倒的兄弟，狼狈逃跑了。

“他完全沉醉于再现过去光辉岁月的英勇事迹，离开时，误穿了别人的大衣。他身材矮小，穿着一件对他来说太大的衣服，袖子几乎到了膝盖，衣服后襟也拖在了雪地上。尽管如此，他全然不顾别人投来的异样眼光，昂首阔步、气宇轩昂地走在街道上。

“另一个被邀请的客人像我一样，也不是本地人。他经常开着自己的小型福特卡车到处走，在哪儿都待不长。他走村串乡，卖缝纫机、烟草、烹饪书，甚至卖家酿酒的配方。他脸上有疤，因为近视，戴着一副镜片很厚的眼镜，头戴一顶牛仔帽。他的右手只剩一根手指，但与很多人不同，他从没想过要掩饰或缩小自己的身体缺陷，而是将它们当作命运对他的幸福馈赠并加以炫耀，这样，他才有了机会给那些不是很有天赋的人带来快乐。这些缺陷帮助他表演，唱滑稽的歌，模仿伟大的音乐家，用六根手指弹奏钢琴，以及脚步灵活地跳舞。所以，女人们很高兴在他悲伤、丑陋的脸上印上新年的一吻，而男人们乐意握一握这位高尚、待人友好的小丑的有残疾的手。当他离开时，每个人都会伤心并希望他一切顺利。

“午夜，枪声响起，所有枪支都鸣枪庆祝。钟每敲响一次，人们都会鸣枪，因为钟走得有快有慢，所以枪声会持续好几分钟。尽管子弹在湖面上空飞向四面八方，但没有人担心它们会射向哪里，因为任何一个好市民都没有理由在这个夜晚留在城外。

“在庆祝和狂欢最热烈的时候，我突然想起那个棕色的小家伙正在空荡黑暗的小屋里孤独地等着我。我不辞而别，悄悄溜走了。在午夜的森林里，我滑着雪，奔向‘象山’后的家。杰丽吃了一袋花生、一些苹果和糖果，庆祝了新年，并乐在其中。也许它比我更享受新年的快乐，毕竟它没有痛苦的回忆。无论我身在何处，处于何种境况，都不会忘记自己的使命。即使身处顺境，也不会忘记这个使命可能带来的后果。我从未停止认真倾听，同时学习语言，提出审慎的问题，我一直都很警惕。我不仅在寻找活着的海狸，或许还在寻找它们的皮毛或骨头，甚至还有那个杀死麦金尼斯和麦金蒂的人。我四处游走，常常感到自己对本应成为朋友的人充满敌意。

“二月底，我把完成的书稿寄了出去。有了空闲时间，我开始借助同义词词典学习单词。我发现词语千变万化，难以琢磨。所有书本和杂志里的生词都已经被我找到并抄写到笔记本里，这些词语在我的记忆中不断更新并被反复诵读。我勤奋学习笔记本里的词语，并且在同义词词典中不断搜索新词，这种学习就像在难以通行的丛林中狩猎一样，有时甚至让我忘了吃午饭。我开始用词典中的词语进行思考并使用生僻的词语说话，连说英语的朋友也常常听不懂我说的是什么。我有时会心不在焉，心里想着把烟丝装进烟斗，却拿起了墨水瓶。有一次，我发现自己把自来水笔伸进了装烟丝的铁罐里。

“我认识一位律师，他经常来看望我，给我的生活带来了生机，有时还带来一群快乐的朋友。他很少不带礼物，有一次，他在来营地的途中迷路了，到了深夜才找到我的小屋，还说把一个无线电接收器放在了离小屋不远的路上。无线电接收器，简单来说，其实是一个便携式收音机。第二天，我们在森林里找到了收音机和所有配件。机器对我来说是神秘的，但是，律师把收音机的所有配件都安装好了，还做了天线。那天晚上，以往安静的营地里响起了音乐声。为了收听收音机，我十分轻松地就克服了对从犁到铁路等各种机器的厌恶。我很快发现收音机是无穷无尽的文字来源。不久，播音员、作家、书评家、新闻播报员、政客和其他人成了我的夜间伙伴。这些人以及莎士比亚的著作在我追求完美表达自我的过程中满足了我日益膨胀的欲望。”

IV. “女王”出逃

很长一段时间以来，夜晚漫游对“灰猫头鹰”有着莫名的吸引力，他也正是因此得名（Wa-Sha-Kuon-Azin，印第安语，指夜间行走的人——“灰猫头鹰”）。这种喜欢在黑暗中活动的习惯现在对于保护杰丽很有帮助，“灰猫头鹰”可以在夜晚的任何时候都能轻易找到杰丽。在巡视和睡眠间隙之间，他还可以学习英语。当然，这样的夜间学习要消耗大量煤油，因此他在店铺里欠的煤油钱越来越多。幸好周围有很多鹿，可以节省衣服的开销：“灰猫头鹰”穿自己做的驯鹿皮衣服。这项制革业务曾经引起了当地护林员的注意，他还拿着罚款单来找“灰猫头鹰”。“灰猫头鹰”向护林员解释了自己的处境，对方马上意识到处罚是错误的，并建议他写信给魁北克市政府。不久，“灰猫头鹰”收到了一封地区林业局负责人的来信，信中负责人对给“灰猫头鹰”造成的困扰深表歉意，并附上了发给“灰猫头鹰”的终生狩猎许可证。这一次，古老的“法国”魁北克省没有辱没自己的好名声。

在新年的庆祝活动中，“灰猫头鹰”结识了一个爱尔兰家庭。在这个家庭里，“灰猫头鹰”感觉自己就像他们的亲人——儿子或兄弟。他们是“灰猫头鹰”一生的朋友，“灰猫头鹰”每次来做客，家里都会举办一次欢乐的歌唱音乐晚会。

在一次愉快的聚会后，“灰猫头鹰”回到家，看见门敞开着，喜欢冬季幽居的小伙伴不见了。“灰猫头鹰”心痛万分，他呆呆地盯着门，脑海里首先想到的是小海狸被偷走了，所以十分气愤，但是经过仔细察看，他否定了这个想法。杰丽是自己出走的，它终于解决了从屋里面把门打开的难题。初春温暖的阳光诱惑它走出家门，却可能残忍地让它因严寒而被冻死——湖水还没有开化，森林里的积雪高达四英尺。从脚印判断，它一整天都在外面，沿着湖面去了秋天搭建的玩具般的小屋。因为没有在冰上找到入口，它又沿着溪流向上，但一直都无法进入水中。溪流消失在沼泽、赤杨和雪松交织而成的错乱迷宫中，杰丽在迷宫里四处游走。它的步子迈得越来越小，在很多地方，它躺下来恢复体力。身下的雪有些融化，很容易判断出夜里它去过哪里。天气变得更加寒冷，雪面结了一层冰，脚印变得越来越不清晰。最后，依稀可见的脚趾向内弯曲的凌乱脚印离小屋越来越远，直至完全消失。

气温急剧下降，低温下小海狸的爪子和尾巴很容易被冻僵，接着会全身麻木，动弹不得。那天晚上，“灰猫头鹰”没有回营地。天亮前，他走遍了沼泽，一直呼唤着自己的杰丽。接下来的几天几夜，除了沼泽，他还搜寻了峡谷和隘口。早春时节经常出现的零度期来临了。现在，“灰猫头鹰”知道，在这段时间里，他的小朋友即便躲过了诸如狐狸之类的敌人的袭击，但是因为无法进入水里，它也会被冻死。他发现的一只冻死的豪猪证实了这一点。零度期过后，天气转暖，“灰猫头鹰”没有放弃，一直在寻找逃跑的杰丽留下的哪怕一点点痕迹。他甚至搜索了杰丽根本无法到达的更远的湖泊。在走了二十天后，滑雪板不能用了，因为从体力方面讲，人很难在融化的雪地上滑行，可是“灰猫头鹰”做到了，他筋疲力尽，却仍然坚持着，直到滑雪板坏了。

下了几天暴雨，然后寒潮突然降临。“灰猫头鹰”开始修理滑雪板，他想利用霜冻期再次搜索一下可能找到“女逃犯”的地方，哪怕是找到尸体也好。“灰猫头鹰”从小屋走出，突然看到一个褐色的身影沿着湖岸移动着，那个身影离他大约五十米远，朝着小屋的方向走来。毫无疑问，狼狈不堪的“女主人”回家了。人们在寻找丢失的心爱之物时，在不断的失望中不知不觉累积的痛苦，就像葡萄一样，总有一天，会借助神奇的酵母变成最甘甜的葡萄酒，被一饮而尽。“灰猫头鹰”就是这样，他陶醉在自己用痛苦酿造的美酒中，万分喜悦地接回了自己的“女王”。“女王”好像什么事也没发生一样，吃饱喝足后，睡了二十四个小时。后来，“灰猫头鹰”找到了杰丽藏身的地方。原来，它凭着本能在几乎干涸的小溪中找到了水，在雪下面的洞里一直等到雨水汇成水流，然后顺着水流游到了湖里，最后从一小条融化的水面跳出来，获得了自由。

很快，整个湖面上的冰都融化了，“女王”离开了营地。“灰猫头鹰”担心它现在会四处游荡寻找配偶，而且一旦找到便不再回来。但这只是一个假设：杰丽在湖的上游找到了一个洞穴并据为己有，有了新家的杰丽也没有忘记营地，每天晚上都要来探望主人很多次。有时，一看到“灰猫头鹰”的独木舟，它就游过来，陪在船旁。有一次，它甚至爬上船舷，滑进了船舱。之后，它开始不断故伎重演，变着花样爬上来找食吃，然后再从高处跳入湖中。有时，它会和“灰猫头鹰”开各种玩笑：它先暗示“灰猫头鹰”划向一个地方，然后看着“灰猫头鹰”划向那里，自己却潜入水里，突然出现在相反的方向。当“灰猫头鹰”靠近时，它就像水上的原木一样开始翻滚、旋转，把水花溅到他的脸上。

有时，它会这样傻傻地与主人玩耍很长时间，半小时或更长时间。有时，独木舟速度很快，它会潜入水中和独木舟比赛，以为自己隐藏得很好，可是因为入水不深，“灰猫头鹰”甚至可以看到它身上每块紧绷的肌肉。它拼命用力向前游，想超过“灰猫头鹰”。当“灰猫头鹰”追上它，它又潜进水里向前游，就这样，杰丽随着独木舟越游越远。它经常发出刺耳的高音，半英里外都可以听见。如果“灰猫头鹰”用同样的声音呼唤它，它很少不回应。它喜欢的另一个游戏是站着，双手抓住主人的手腕，然后将主人拉到胸前，推开，再拉近，再用力把主人推倒。有时，它想让主人失去平衡，但拉得太用力，自己反而仰面摔倒。杰丽现在已经二十磅重，骨骼强壮，肌肉发达。之后，“灰猫头鹰”了解到海狸与人的这些娱乐活动并没有什么特别之处，这是每只海狸最常见的娱乐方式。但有一点让人惊喜：杰丽更喜欢与人相处，哪怕它的同类就住在三英里范围内，并且很容易接近。

V. 罗乌海德的到来

在树枝上的嫩叶舒展开之前，“灰猫头鹰”在溪流中下了捕兽夹，想诱捕无耻的强盗——一只水獭。“灰猫头鹰”在水獭的粪便中发现了海狸的毛发，担心活泼、毫无戒备心的杰丽会落入它的嘴里，于是给水獭设下了陷阱。一天早晨，“灰猫头鹰”发现捕兽夹不见了。他往水下一看，结果看到一条海狸的尾巴。“灰猫头鹰”拉了一下链子，感觉到有东西在挣扎，拉出来一看，是一只海狸。海狸还活着，只是呛了很多水，被吓得半死，它几乎没做任何反抗就被装进了一个黄麻编织的袋子里。海狸的后腿伤得很严重，想到海狸主要靠后腿游泳，“灰猫头鹰”决定在把它放生之前，试着给它医治一下。

第一天，这只海狸躲着“女王”杰丽，只出来喝了点水，什么也没吃。第一天快要过去时，它小心翼翼地走到了房子中间。它不让人触摸，但可以和它说话，还吃了苹果。“灰猫头鹰”试探着与海狸交流，一夜过后，它终于开始四处走动，瘸着腿把屋里的所有东西一件一件地研究了一遍，包括房门，它甚至没有动念头咬开门逃跑。在考察过程中，海狸发现了床，并沿着给杰丽准备的梯子爬了上去，它感到那里非常舒适，从此，就吃睡在上面，只有当需要解决“个人问题”时才爬下来，比如摆放一段段锯好的原木或洗个澡。它睡在枕头和墙壁之间，但是到了深夜，如果它感到孤单，就会爬到“灰猫头鹰”的胳膊下，在早晨天明前，又躲回到枕头后面。

尽管天气一直很冷，但“灰猫头鹰”还是尽量避免烧炉子，因为柴火烧起来的噼啪声会让海狸躁动不安，甚至连“灰猫头鹰”抽烟的味道也能让它躲起来几小时不出来。包扎海狸的伤腿非常费力，它的两根脚掌都骨折了，骨头刺穿了皮肤，腿肿胀得厉害。海狸的牙齿也因为曾试图咬开捕兽夹而松动了，需要几周时间才能恢复。一块撕裂下来的头皮变干了，就那么挂在头上。“灰猫头鹰”剪掉了这块皮，并因此给海狸起了个绰号叫“罗乌海德”[1]。

整整两个星期，“灰猫头鹰”想了各种办法医治罗乌海德的腿，但都没什么效果。最后是靠几条水蛭吸出了伤口里的脓血，才治好了让人伤脑筋的腿伤。很难说清楚是什么让罗乌海德很快黏上了“灰猫头鹰”——是细心的护理，或是孤独。它蹒跚着紧跟在“灰猫头鹰”的脚前脚后，哪怕“灰猫头鹰”离开一会儿，它都要可怜地大声叫喊。一天，这些声音引起了“女王”的注意。看到自己的小屋里有陌生的海狸后，“女王”快速向后退，一下子撞到了身后的门，差点儿撞断了脖子。回过神后，“女王”开始仔细打量这位不速之客，意识到“不速之客”有残疾后，决定打它一顿了事。

“灰猫头鹰”费了好大劲儿才把纠缠在一起的两个劲敌分开，

1　“罗乌海德”的意思是“带毛的生皮”。——作者注他将自己的“女战士”拖入湖中。到了湖里，“女战士”继续发狂。怎么能不生气呢？要知道，它可是这里的“女王”和“女主人”，没经过它的允许，家里多了一个不请自来的陌生人，可能还有权利住在属于它的屋子里，这是无法原谅的事。杰丽的样子像是在说：“不用解释，我什么都不想知道！”从那以后，“灰猫头鹰”只好锁上门，把杰丽拒之门外。病人康复后，“灰猫头鹰”有些伤感地祝它幸福，送它离开了。

第二天，在前往骄傲的杰丽的住所途中，“灰猫头鹰”发现了一只海狸，就叫了它一下。海狸回应了，还游向了独木舟。“灰猫头鹰”惊喜地认出了这就是自己的“小瘸子”，它游在独木舟后面，然后跟着主人上了岸，回到了营地。它在驯鹿皮地毯上躺了一会儿，嘤嘤地呜咽着，轻轻磨蹭着主人的双手，然后就离开小屋回到了湖里。之后，人和海狸之间的关系变得更加亲密：有时，在“灰猫头鹰”的帮助下，海狸会爬到主人的膝盖上，然后专注地梳理自己湿漉漉的毛发。

是否可以把这称作感恩？如果不可以，那么动物的这种感情又叫什么？它能让一只海狸跟着人到处走，直到另一只出于嫉妒把它赶走。是的，“女王”疯狂嫉妒，它在家时甚至不允许罗乌海德靠近营地。杰丽不止一次地将它赶到溪流下游很远的地方，但是罗乌海德坚定地一次次返回。尽管杰丽很凶，但罗乌海德还是瘸着受伤的腿，嘴里发出哀求的声音，跟在它后面到处跑。它甚至像是最忠实的仰慕者，想用感人的执着获得与杰丽的亲密接触。“灰猫头鹰”把这理解成是罗乌海德渴望获得友谊，但一再被杰丽拒绝，它只有去接近人类，因为再无处可去。

有一次，在经过几次失败的尝试后，罗乌海德突然大胆地闯入独木舟，当时“女王”本尊正端坐在自己威严的“王座”上。如果不是“灰猫头鹰”的干预，“女王”就会把它狠狠地揍一顿！罗乌海德的所有这些不同寻常的举动都是默默的、温顺的，同时又带着一副镇定而坚决的神态，所以“灰猫头鹰”始终站在它的立场反对趾高气扬的杰丽。罗乌海德凭借着自己的镇定坚毅、果断不动摇，还有身上蕴含的某种神奇力量，最终克服了新环境带来的所有阻碍，找到了自己的位置，争得了权力，它不再是乞求者，而是领导者。

“女王”继续保持着与“灰猫头鹰”的友谊，他们的关系更像是地位平等的朋友。他们是粗鲁不讲规矩的玩伴、老室友，可以放任自己为所欲为，互不约束，想去哪儿就去哪儿。但是罗乌海德只需一点点善意就可以感到十分幸福。它像是晚风轻拂树叶一般温柔，但是，“灰猫头鹰”也曾目睹过罗乌海德追求“女王”很久却求而不得，转而愤怒地摇晃杰丽，好像在抖落一个纸袋一样。也许“女王”能活到现在真要感谢罗乌海德。

有一只年老狡猾的流氓海狸，看得出它是从被猎人袭击后的地方逃到这里的，因遭受过不幸而变得很容易被激怒。它在营地附近游荡，有一天闯了进来，企图抢夺杰丽和罗乌海德的所有财产。当“灰猫头鹰”回到家时，发现杰丽躺在营地附近，地上有一小条血迹向门口延伸着。它一定是太虚弱了，走不到家，只能拖着身体回到湖边，等主人回来。它的喉咙被撕开了，暴露在外面，下唇几乎被撕掉，双手被咬，肿胀得不像样子，尾巴根一英寸的地方也被咬穿。“灰猫头鹰”能做的就是尽快给伤口消毒。杰丽一动不动，闭着眼睛，轻轻地呻吟着，鲜血慢慢流到它誓死捍卫的土地上。

“灰猫头鹰”整夜坐在杰丽身旁，不时地用注射器喂它牛奶，这支注射器曾经就这样救过它的命。黎明前，蕴含在杰丽体内的生命之源似乎焕发了生机，杰丽忍着疼痛慢慢爬进了小屋。整个白天它都待在小屋里，喝了大约两罐牛奶，到了深夜，状况明显好转，就离开了。野生动物超强的恢复力帮助它脱离了危险。整整一个星期它都没有离开过洞穴，也没有回应“灰猫头鹰”的呼唤。从湖边发现的种种迹象以及杰丽的伤情可以猜到，这个入侵者体形巨大。毫无疑问，如果当时只有杰丽一个，它一定会遭遇不测。

罗乌海德身上也有这次遭遇留下的痕迹，而且伤势不比杰丽轻多少。基于它多次展示出的本领，“灰猫头鹰”确信，是它的参战决定了这场战斗的结果。从那天起，两只海狸开始友好和睦地一起生活、一起行动。但是，“女王”深刻地意识到别的生物会带来多大的痛苦和灾难，它把它们全部视为应该清除出教门的“异教徒”。现在，想要看海狸，想要欣赏它们美丽的皮毛、动人的眼睛、高贵的头部轮廓的客人们只能站在固定的地方，不能越界。人们丝毫的反抗都会引起麻烦。同时，湖岸、湖泊和独木舟也成了杰丽的领地。甚至连营地，它似乎也想象成是自己建造的：它把生人赶出营地，沿着小路一路驱赶出很远、很远……

海狸对池塘及其周围地区进行了不懈的改造，没有它们，池塘大概会很快变成一个可怜的、水量很少的大泥坑。它们的存在让一切焕发了生命。山谷里像有人居住的样子，这的确是人类才能做到的事情。海狸让山谷变得生机勃勃，同时也一点一点地开始吸引人们的关注，许多人来这里看海狸。来客中一些有法兰西浪漫诗情的人，开始用海狸的名字给一些地方命名。因此，从高高的“象山”延伸过来的，围绕在湖周围的山丘被称为“杰丽·洛尔”山丘，池塘变成了“罗乌海德”湖，营地变成了“海狸之家”。山谷里精明强干的人物——一个人和两只海狸也被正式写进当地的编年史，他们确立了自己的领地，并致力于对它的改善。海狸清理水道和上岸的出口，建造房屋，保持大坝处在良好状态。“灰猫头鹰”在小屋附近垒了一个土台，把墙壁上的裂缝堵上，平整了庭院。海狸在自己的房子附近造了一个游乐场，除了“灰猫头鹰”，没人敢靠近那里。曾经有三位客人被杰丽撵走，其中两个人被追到了高高的山坡上，另一个则爬上了树。“女王”赢得胜利后站在游乐场中间，愉快地晃着头，不断摇摆着身体——这是海狸在成功要弄别人后表达愉悦心情的惯用方式。

VI. 一位白发绅士

如果从人的角度来看待一切，那么时间是在不断的焦虑中流逝的，但海狸的状况则表明一切都在发展、走向顺利：它们的个头已经达到成年海狸身高的四分之三，它们长成了强壮的野兽。在偷猎高峰期，“灰猫头鹰”听到了一些令他不安的谣言。为避免出事，他将海狸锁在了小屋里。在营地的第一个晚上，它们咬断了桌子腿，弄断了地板，打翻了一桶水，打碎了窗玻璃。它们打碎窗玻璃的方式，很值得动物心理学家的关注和分析。真相是这样的。

小屋地板上靠墙边放着一根独木舟的撑船杆，长八英尺，一端是铁尖头。“灰猫头鹰”看到海狸摆弄过这根杆子，也没太注意。直到有一天，他发现两只海狸不知为什么没有一起抬杆子，也没有拖动杆子较沉的一端，而是杰丽自己拉着杆子较轻的一头走到对面墙那里站了起来，并将杆子高高举过头顶。这时，对面的罗乌海德移动着杆子有铁尖头的那一端，找准位置后用力将杆子向高处推，就这样，杆子的铁尖头从空中划过，砸向窗户，打碎了玻璃。千万不要以为海狸有打碎玻璃这样的本事。不，它们这么做的目的很简单，只是它们确信窗户上有窟窿，想搭一个跳板，然后顺着跳板爬上去，把它堵住。这就是海狸精心设计并真正协同合作的成功案例。

“灰猫头鹰”仔细观察类似的事件，不断地把描写海狸“癖性”的随笔发给自己的出版商，对方毫不犹豫地照单全收了。出版商在最后一封信中说，海狸的精彩生活促使他向渥太华内政部国家公园管理局打了报告，希望可以对海狸的生活进行拍摄。紧随着这封信，国家公园管理局的一位员工来到了“灰猫头鹰”这里。这是一位长着一头蓬松白发的绅士，他的脸形很尖，但很和善，一双敏锐的蓝眼睛从粗浓杂乱的苏格兰式眉毛下盯着人看，被看的人会害羞、尴尬。

他对“灰猫头鹰”说出了自己的想法，尽管他个人完全相信海狸故事的真实性，但在开始耗资巨大的拍摄工作之前，必须亲眼看到一切。他说准备看一些特别的东西，于是“灰猫头鹰”把他带到湖边。他们坐上独木舟，呼唤了几声海狸，接下来发生的事令这位绅士大为震惊。原来，海狸听到朋友的呼唤后，悄无声息地浮上水面，突然从客人附近的水面窜了出来，还爬进独木舟，紧盯着客人看，像是在仔细研究对方。

海狸弄脏了客人的衣服，但他丝毫没有在意，最重要的是，他立即相信了“灰猫头鹰”写的有关海狸的故事。客人待了两天，这两天时间里，海狸或是在小屋内或是在附近。最后，这位绅士承认，他看到的是无法比拟的景象，必须立即采取措施，让这个神话不会因为某些意外而消失。

同时，“灰猫头鹰”还告诉他整个事件的核心是麦金尼斯和麦金蒂。听完故事后，绅士非常感动，他说，麦金尼斯和麦金蒂的不幸不会再发生。这位白发绅士在暗示什么？他没有说出此行的确切目的，只是请求“灰猫头鹰”为即将进行的拍摄做一下准备。

过了不到一周，摄影机就嗡嗡地开机了，他们拍下了杰丽和罗乌海德游泳、潜水、走路、奔跑、拖曳树枝、爬进独木舟的画面。此外，还捕捉到了海狸千奇百怪的特写，那也许是除“灰猫头鹰”外，世界上谁都没见过的珍贵场景。所有这些都为史上第一部有关“海狸家族”的电影提供了素材。

拍摄海狸时遇到了很多困难。有一次，一位非常投入的摄影师由于长时间站在泥水中，身体陷得很深，水都没到了他的胸部。此外，他对海狸知之甚少，而“灰猫头鹰”又不懂拍摄技术。海狸倒是帮了不少忙：它们一整天、一整天不厌其烦地摆着姿势，唯一的困难是要吸引它们待在固定的位置。

电影很快就上映了，在整个加拿大都收到了非常好的反响，于是制片方决定在世界范围公映这部电影。之后，白发绅士又来了一次，并带来了一个非常特别的新建议：“灰猫头鹰”可以在国家授权下研究海狸，并能得到一定的薪水。海狸的生命安全将得到保障，它们的命运将不受任何政治变化的影响，也永远不会被当作实验对象。海狸的管理，准确地说是海狸的繁殖，将完全由“灰猫头鹰”掌握。国家将提供一切条件，保障这一自然保护事业的顺利开展，一切完全按照“灰猫头鹰”所愿进行，今后将无须再为物资担忧。

不仅如此！该提案规定，要给阿纳哈雷奥建一座她理想中的房子，并向海狸们提供充足的苹果。为此，“灰猫头鹰”必须承担一些义务，诸如他和他的海狸们要协助原始自然界研究和生物学研究，并为专家学者提供一切所需资料。未来，“灰猫头鹰”和他的海狸们将对加拿大国宝动物的生活在公众传播方面做出重要的贡献，进而将促进自然保护事业的发展。

就这样，“灰猫头鹰”——这个印第安人好战部落的后裔，对白人先生的文明满怀刻骨仇恨的人，现在要成为加拿大政府的仆人。这位白发绅士在提出建议时，很巧妙地暗示“灰猫头鹰”他对印第安人抱有好感，让“灰猫头鹰”相信他确实是动物和大自然的朋友。白发绅士善于在沟通中使用友善的、近乎亲人般关切的语气，“灰猫头鹰”禁不住讲述了压在他心头的负担。他谈到了自己的想法和目标，以及为实现这些想法和目标进行的艰苦奋斗。在这次心灵告白似的谈话结束之后，白发绅士简短地说：

“您正是我们所需要的那个人。”

他把握着分寸，不厌其烦地让“灰猫头鹰”明白，只有海狸才是这个交易的赢家。在车站和客人告别后，“灰猫头鹰”思绪万千地走回“象山”。难道这就是自己说的争取自由的斗争？现在，这个印第安人心里一直渴望的自由以这种意想不到的形式出现了。

“灰猫头鹰”写道：“除了在森林里漂泊，做向导，我从未替任何人工作过。现在我感觉接受这份好处众多的差事后，我将彻底失去自由，这将是我丛林生活的终结。这对我来说至关重要，有些令人恐惧和出乎意料。但是，另外，既然为了实现目标我自愿接受这份职责，就要一直忠于它，并且放弃所有关于个人自由的想法。

“两个事实像道光明显地摆在我面前：第一，实现预计目标的主动权掌握在我自己手中；第二，两个小朋友可以摆脱遭受不幸和被人猎捕的可能性。第二点清清楚楚，其他的就都微不足道了。

“就这样，我终于不再犹豫，马上感到从未有过的自由……在同意将海狸和我自己交给加拿大国家公园管理局管理时，我请求永远不要将海狸和我分开。如果我能找到麦金尼斯和麦金蒂，要允许我领养它们。两项要求均被接受。是时候完成我的夙愿了，这是我做梦都想不到的方式。”

“灰猫头鹰”做出了决定，同时开始做临行前的准备。冬天一点一点地临近，他心里怀着保护海狸家族的神奇计划，却完全看不见现实生活中冬天的来临会带来什么难以预测的后果。一切都收拾妥当，做好了临行前的准备，剩下的就是抓住我们的主角——两只海狸，它们才是整件事的源头。结果呢？冬天来了，它们回到了冰雪下自己的屋子里过冬……它们现在对“灰猫头鹰”来说是那么的遥不可及，就像中国和加拿大之间的距离。

VII. 麝鼠之谜

这是一种可怕又令人沮丧的局面：“灰猫头鹰”独自一人在湖岸上过冬，他甚至没有机会与“小朋友们”交流，并且在任何情况下都不可以离开——到处都是危险的海狸猎人。另外，“灰猫头鹰”脑中不断闪现着可怕的想法：一对成年海狸随时可能恢复野性，顺着春季洪水不知游向哪里，就像麦金尼斯和麦金蒂那样消失得无影无踪。

“灰猫头鹰”多次拜访白雪覆盖的湖的尽头处那栋高高的小房。他常常对着通风口说出海狸熟悉的话语，这在以前总能引得它们做出奇怪的滑稽动作，发出欢呼声。现在，没有任何回应，只有“灰猫头鹰”的声音在空中回荡。在沼泽边高高耸立的白色圆锥形山丘下，依然有生命存在，两个毛茸茸、圆滚滚的身体沉睡着。海狸们在可靠的保护下安稳地睡着，但是“灰猫头鹰”知道，一旦出于某种原因他解除了这个保卫，它们将活不到下一个春天。仅仅想到它们可能遭到袭击，“灰猫头鹰”就感到在与敌人的战斗中，他不仅要准备牺牲现在的生活，而且要投入整个未来的生活。

“灰猫头鹰”时刻准备着投入战斗。有一天，他在检查海狸小屋时，发现附近的薄冰上有一个被斧头凿开的洞。猛烈的暴风雪把沼泽上的足迹清除得干干净净。“灰猫头鹰”打扫干净通风口处的雪后，发现了一个红色的斑点——血迹。“灰猫头鹰”瞬间变得像他的祖先一样狂野，身体里猎人的本能被激活了，他要去进行一场狩猎——一次最高级的猎“人”行动。他在暴风雪可以把人掀翻的旷野上什么也没找到，只在森林里找到了一些蛛丝马迹……很显然，有人想迷惑沿着脚印追来的人。这个逃犯有些本事，但不够精明。滑雪板在上坡时会扎入雪中，多大的暴风雪都无法除去这样的痕迹。而且，暴风雪掠过的痕迹也不可能被仿造——人为永远做不到那么逼真。

幸运的是，所有参与此案的人在“灰猫头鹰”到来前两个小时就离开了，现在已经安全地待在家中。根据找到的零星痕迹和后来询问到的一些信息，几乎可以确定罪犯是谁。整整两个星期，“灰猫头鹰”承受着巨大的精神痛苦，他谨慎而冷静地制订着周密的复仇计划。然后，“灰猫头鹰”一次又一次梦到复仇时的画面而无法安睡。但是天暖解冻了，在离海狸小屋不远的地方，“灰猫头鹰”发现了一只麝鼠残缺的尸体，它显然是被猫头鹰杀死的，因为头被扯断，皮也被撕开。正好就在这个时候，“犯罪嫌疑人”也许是听说了什么，来向“灰猫头鹰”坦白。他说，他挖开了海狸小屋附近的一个麝鼠洞，想取点水喝，然后发现了血迹，意识到可能会被误会，又害怕告诉“灰猫头鹰”这件事，寄希望于暴风雪会掩护他的行踪，就逃了。听完整件事的原委，“灰猫头鹰”承认是自己过于紧张了。

VIII. 大卫的故事

这次事件后，“灰猫头鹰”采用了我们这里的农民发现熊窝后使用的警戒方法：以熊窝为中心，用滑雪板围着它画一个大圈，在没与猎人商量好一只活熊皮的价钱前，他们每天沿着这个圈巡视一遍，在此期间，甚至连想要闯进圈里的老鼠都能被发现。然后，有一天，“灰猫头鹰”巡视回来后，看到了闯入者——正在小屋里等着他的阿纳哈雷奥！原来，她坐飞机从金矿飞回来了！

阿纳哈雷奥得知那些好消息后，已经没有兴趣谈论她的失败经历。

“我在白人世界走了一遭。”她承认道。

相比即将到来的新生活，这一切在她看来只是生活中的小事。只是她不能不说一说可怜的大卫和他的悲惨故事。

有一个爱管闲事的人，一直关注着印第安人的发展和教育问题，他非常诚恳地向大卫解释说，大卫心中关于在遥远的北方存在人迹罕至的广阔狩猎场的想法就是幻想，白人已经到达了这个国家最偏远的地方，走到了尽头，既没发现海狸，也没看到松树，这一切都是神话。

没人想过要去惊扰一个普通人的信念，直到这个愚蠢的改革家的出现。他不厌其烦地说服他的受害者，让他相信世界上没有"鸟兽不惊的王国"。整整几个月，他不断地给大卫灌"迷药"，终于让大卫相信了他说的话。尽管类似的说法有据可查，但大卫只相信一半。现在大卫的幻想被残忍地彻底打破，再加上丢掉了几乎到手的财富，两件事无情地动摇了他本不牢固的信仰。他的梦想被彻底击碎，最后的希望也破灭了，大卫陷入了忧郁之中而无法自拔。他体内的生命之源枯竭了，他开始枯萎和干涸。岁月立刻体现到了他的身上，大卫变成了一个疲惫不堪、不幸的老人。叶落前不久的一个深夜，大卫来和阿纳哈雷奥告别，然后踏上了回家之路。他划着"灰猫头鹰"送给他的最后礼物——独木舟，带着一点儿装备、心爱的猎枪和回忆，在一个宁静的月夜带着受伤的心，孤独而无望地离开了，他要回到童年时代的家园。

IX. 我的时机到了

冬天里接连发生了一件又一件大事情。书被全盘接受，仅改了书名，一字不差地出版了。随后又发生了很多有趣的事。一笔笔数目不大的钱源源不断地汇入“灰猫头鹰”银行里的活期账户上。

“灰猫头鹰”写道：“我的文章开始出现在各种印刷机构。一些出版商客气地提出要对文章进行修改，用比较恰当的、正确的词来代替错误的表述。但是在我看来，这些改变恰恰破坏了我试图给读者造成的印象，效果反而不好，因此我强烈抗议。在通过信件进行生动而全面的辩论之后（这种辩论既有趣又很安全），我的要求得到了满足——也许是为了结束邮件通信，而不是出于其他原因。我可以想象我就此事寄过去的信件是如何被人用钳子从编辑部夹出，并带着一种释然的心情扔进了火炉。

“毫无疑问，他们放过我的唯一原因是我是一个业余写作爱好者，而不是一个专业作家。毕竟，出版商不是坏人。我收到了很多报纸简讯。大多数媒体观察者可能理解我缺少对写作技巧的了解，因此很友善和宽容，甚至对我进行了表扬。一些人也许想看看我能走多远，鼓励我，并建议我坚持写下去。几家美国和英国报纸的一些专栏还发表了赞许的文章。还有大批来自德国、奥地利、伦敦和纽约的信件。我的家乡安大略省的加拿大大学对此书也给予了肯定。

“我精神振奋，但也有些心慌——我开始做大事了。我碰运气般向空中射出的箭，落回来时变成了华丽的羽毛。一两个评论家（尽管我应该更准确地说是一个评论家）显然有些震惊于一个生活在密林深处没有文化、带有明显的本地血统的居民，居然敢离开自己的舒适圈，清楚地‘发声’，因此他态度比较严厉，他似乎把这认为是对其个人的侮辱——两个没有接受过正规教育的未开化的野蛮人，竟然知道在课堂上没教过的许多东西。他对于我们能知道但他们自己只能模糊了解的东西表示怀疑。

“然后出现了针对我的一些残忍、病态的指责，说我写的书几乎全部都是由某个作家的灵魂口述写下。这个不公平的指控让我有些不快。这难道是说，不是我写了这本书，而是纽约尤蒂卡的两个年轻人或阿伯丁的某个人写的吗？那好吧！没人看过我气喘吁吁地翻书，甚至在收音机里捕捉词语，反复推敲同义词词典里的词汇的样子！有什么好奇怪的，莎士比亚当年似乎也遇到了和我一样的麻烦，被当作一个叫培根[1]的人，莎士比亚最终不还是证明了自己的写作才华？还有一些人充满鄙视地暗示我应该有更高的学识才能完成这本书的写作，我大概在以某种方式进行欺骗，我实际上是脱离

1 弗朗西斯·培根（1561—1626），英国哲学家、散文家，英国唯物主义创始人。——译者注

自己阶级的冒名者，是爱默生[1]的灵魂在帮助我写作。

“他们无法想象，一个异国人怎么有权利看到他们未见的世界，他们还说，是我偷走了他们的光。他们甚至不知道光不遵循任何章法，它肆无忌惮地照进所有小屋，甚至也会眷顾他们的小屋。让我感到非常欣慰的是，总有一些人不会透过夹缝看我们，不会把我们按照类别放到单独的抽屉里关起来。换句话说，我的时机到了。

“还有其他影响出现。我的书信多到惊人的程度。世界上真是充满了形形色色神奇的人，有些信件让我感到自己终于从破坏者身份转到了创作者的队伍，尽管创作潜力不大。这些赞美之词让我们都感到幸福。现在，我们再也不会在夜晚的黑暗中无端地尖叫，我们的使命被认为是完全健康和理智的。

“还有人提出了一些无理要求。一位芝加哥女士，她的丈夫在监狱里服刑，她坚持要我们减少对动物的关注，把相应的精力放在对她的庇护上，直到她的丈夫被释放。她认为，这将是减少人类痛苦的一个有益尝试。

“还出现了一些记者，他们把我们研究得很透彻。我们应邀参加了在蒙特利尔举行的代表大会，主办方还提议让我在会上发言。阿纳哈雷奥作为我的精神支柱也被说服与我一同前往，我们安排了朋友们帮助守护海狸，就一起离开了。从那时起，我开始与专业自然保护者和自然保护行动者会面。真正做事的人可以一眼被认出，

1 拉尔夫·沃尔多·爱默生（1803—1882），美国唯心主义哲学家，作家。——译者注

我与许多人（而不是少数人）进行了有价值的、很有启发性的交流，这种交流现在仍在继续。还有令人沮丧的猜想，就是很多人如果没有听到事情背后隐藏的金钱沙沙作响的声音，就根本不会做事，因为他们对事情本身根本不感兴趣。还有更令人担忧的，大多数绅士的左手已经提前知道右手会做什么。听着他们的谈话，我开始理解信任和业务的可信性之间的区别，我开始理解一个喜剧作家所说的话，美元永远不会跌到像人跌得那么低。

“但是我接触到的更多的是真诚、认真的人，他们发自内心地真诚对待野生动物，我们保持着联系，这是我创作灵感的来源，也是建立友谊的基础。我收到了一些团体的商业化建议，它们的意愿很好，希望我加入前景美好的企业，认为我将成为最富有的皮草农场主。当我说我绝不打算将岁月累积的东西用于商业用途时，他们如深谙世事般大笑。还有一些其他建议，但是没人能为海狸提供像国家公园管理局能提供的那样的保护。”

X. 唤醒冬眠的海狸

“灰猫头鹰”从渥太华的来信中获悉，他的“女王”杰丽·洛尔和它的朋友罗乌海德不仅在这里，而且在海外，在大洋彼岸都引起了公众的广泛关注。即使声名远扬，我们的主人公却自顾自地躺在冰冻的黏土建成的城堡中打着盹儿。世界上竟有这般神奇的动物！

三月，“灰猫头鹰”和阿纳哈雷奥决定采取行动唤醒两个熟睡中的幸运儿。他们首先在海狸储存食物的仓库附近的冰上凿开了一个洞，发现仓库空了。于是他们开始补充新鲜的白桦树、杨树和柳树树枝。尽管看不见海狸，但树枝不断减少。四月到来，温暖的日子也随之而来。雪在融化，冰在变软。

到了海狸做出决定的关键时刻：要么野性未泯的它们随着春季洪水游走，要么回到已决心为海狸家族服务一生的人们这里。“灰猫头鹰”非常担心海狸的独立精神会胜过对人类的依恋。但是，他不允许自己有片刻的犹豫，也不允许自己的行动受控于海狸未来不可预知的行为。

他填写了桶和箱子的托运单，好像完全确信，海狸醒来后，一定会回来，并且它们可以坐上火车被运走。根据自己对动物的丰富经验，“灰猫头鹰”总结出一条原则——在任何事情上都不要优柔寡断。他怀疑动物具有某种第六感，可以感知人类的犹豫并利用这种状态来实现其野性的独立。渐渐地，除了必需品，所有财产都被运到了火车站。就这样，身后的桥已被烧毁，只有果断采取行动了。

他们在小屋附近的冰上凿开了两个洞，放进了已经长满新芽的柳树和杨树树枝。饥饿的麝鼠扑向美食，但树枝足够它们食用。树枝放了一次又一次，数量充足。两个人昼夜不停地轮流监视着洞口。差不多一周之后，在“灰猫头鹰”值班时，终于发现了海狸游过时留下的涟漪和大气泡。在取树枝之前，海狸在洞周围游了好几圈，但距离太远，看不清。显然，海狸提防着敌人通过洞口发动袭击。于是，“灰猫头鹰”将诱饵放在洞的中间，这样海狸可以看到整个诱饵。但是天黑之前，还是一无所获。

天气转暖，岸边的冰开始融化。“灰猫头鹰”和阿纳哈雷奥一动不动地轮流坐在离冰洞不远的地方静静地呼唤海狸，这种声音在以往总是能得到回应。在第三个温暖的夜晚，一只海狸经过长时间的观察后，终于从水下跳了出来，并发出长长的低沉的叫声，接着又扑通一声跳入水中消失了。“灰猫头鹰”和阿纳哈雷奥在岸上继续轻声呼唤着，紧张地等待着。大约半小时后，海狸再次出现，它小心翼翼地游了几分钟，然后不再怀疑，弄清楚了周围情况，认出了主人，爬到了冰上，是杰丽·洛尔！“女王”现身了，它立即开始若无其事地梳洗打扮。还是那个声音，还是那么笨拙摇摆的步子，还是那么高傲自满地接过苹果——摇摇头，短促地尖叫后开始吃苹果，它和主人靠得那么近。海狸顺利凯旋！

要知道，经过将近六个月的独立生活后，杰丽准时回到了人们身边，就像四季更替一样亘古不变。现在只有罗乌海德仍然有不确定性，两个晚上之后，在一轮新月的照耀下，“灰猫头鹰”和阿纳哈雷奥看见一个黑色的身影静静地浮在远处的水面上。杰丽在他们脚下忙碌着，那个游动的身体形状看起来像海狸——是罗乌海德，它已经从冬眠中完全苏醒过来，动作迅速得瞬间就从人们眼前消失了。

第二个晚上，罗乌海德离人很近，敢拿走“灰猫头鹰”手里的苹果，紧接着第三个晚上，它几乎整晚都和“女王”一起围在主人身边了。但这已经是一个新的胜利，因为杰丽是由人抚养长大的，而罗乌海德是野生海狸，在离开将近六个月之后又回到了人的身边。局面变得轻松起来，结果很明朗，不用怀疑。于是，“灰猫头鹰”给国家公园管理局发了电报，告知海狸自己回来了。现在剩下的就是捕获它们，让它们经历恐惧和超过一千英里的艰难旅行，同时还不要惊吓到它们，让它们的单纯心灵保持对人的信任和忠诚。毕竟，仅仅一两次欺骗就足够毁掉多年累积的感情，之后只有小心翼翼地修复和巧妙地试探才能帮助人们找回从前的一切，而且这种情况只有在最聪明的动物身上才会发生。

“灰猫头鹰”试图抓住杰丽·洛尔，但是它变得又大又强壮，不用武力根本无法把它从地面抬起。“灰猫头鹰”不想对它动粗。阿纳哈雷奥也尝试过，但同样没有成功。他们抓着杰丽的耳朵拖动，扳开嘴巴，拉尾巴，想将它推倒，但是想尽了办法也无法把杰丽抬起来。他们做了一个木箱，然后把箱子侧着放倒，箱盖打开，水平地朝向湖面，“女王”没有丝毫犹豫就钻进了箱子。“灰猫头鹰”和阿纳哈雷奥知道做这一切都是为了它好，但还是怀着一种欺骗朋友的罪恶感合上了箱子。“灰猫头鹰”用皮带捆住箱子，扛到肩上，往家走。

“女王”被突然的变故吓得一动不动，在回小屋的路上没有发出一点儿声音。到了小屋，杰丽被放了出来，它从开始的惊乱失语转为狂野地嘶吼，像一个受了莫大委屈的孩子般歇斯底里地拼命拉扯“灰猫头鹰”的衣服。“灰猫头鹰”把它抱到腿上，像哄小孩一样安慰它，它真的已经是一个大块头了！杰丽整个身体都靠在“灰猫头鹰”身上，“灰猫头鹰”摇着它，温柔地跟它说着话。然后，它慢慢开始观察四周，看到周围熟悉的环境后，情绪逐渐平复了下来。

罗乌海德不想进箱子，要抓住它更困难。“灰猫头鹰”对它就没那么客气了——直接把它抱起，带回了小屋。到了晚上，海狸们没有试图逃跑，它们安心地待在专门准备的、有通风口的铁皮箱中。完成这项最艰巨的任务后，所有的事情就都完成了，只等着一起进城。魁北克政府放弃了对海狸的所有权，并立即签发了野生动物运输许可证。印第安人在这座城市里结交了许多真正的朋友，来与他们告别的有一个代表团的人，他们是性格开朗、友好和善的法裔加拿大人。

XI. “鸟兽不惊的王国”

“灰猫头鹰”这样描述他在海狸保护区的生活：

现在是秋天收获的季节，“女王”和它的一小队人马，就像有责任感、对社会有益的人应该做的那样，正在储备漫长的冬天所需的物资。通往岸上的出口和水道已经清理干净，那里从下午四点到黎明时分，几乎每隔一小时都会非常准时地有树木哗啦啦倒下。

小屋前被海狸放倒在水中的储备食物一天天变得越来越重，堆放得越来越宽，也越来越壮观。它们把沉重的原木放在最上面，这样可以将食物深深地压入水中。被放倒的树木的树枝，尤其是其中最好的部分，被整齐地码放在即将结冰的水面下。负重的海狸缓慢移动，它们或独自一个，或成群结队排成一排，身披着树枝和五颜六色的树叶，像接受检阅一样，兴高采烈地行进着，那场面就像一场森林工人的盛大游行。

有时我打开收音机，在交响乐的伴奏下，海狸们依旧保持着缓慢的行进速度。我多么希望全世界所有人都在这里，看见这样的画面。秋天时，小海狸们也开始做有益的工作，但是显然，到目前为止，它们的行为中只有少数是符合成年海狸的行为准则。它们快乐，无忧无虑地玩耍，打斗，探索世界。它们三五成群地在自己的池塘里戏水。好伙伴们一旦分开，就尖声地呼唤着对方。

成年海狸工作时，小海狸的捣乱虽然很令人讨厌，但“大人们”没有表现出任何不满，还时刻小心着避免无意间伤害到它们。要做到这点很难，因为“大人们”运送沉重的原木或堆起很高的树枝时，小海狸们经常成群出现，堵住前方的路。显然，这些不负责任、被宠坏的孩子处在幸福的关爱下，在每一次事故中都能毫发无损，然后继续寻找新的乐趣。

一只负重的大海狸要游过去——这可真是天赐的制造混乱的良机。就像事先商量好的一样，小海狸们不约而同地冲向重物，紧紧抓住它，推开，撕下树皮，然后爬到大海狸的肩上，或者纠缠着大海狸与自己进行摔跤比赛和其他水上运动。这些娱乐活动打破了池塘上的单调生活，尽管成年海狸不发脾气，容忍它们的胡闹，但小海狸们着实带来了很大麻烦。

“大人们”当然也会想办法对付这些小把戏：它们不会一动不动地等着这伙掠夺者闹够了自行散开，而是突然潜入水中，在水下伺机击退来犯。但这些招数很少奏效，“大人们”只要稍有动作，或刚从深水处冒出，这些寄生虫般的小魔鬼就会轰然而至，追赶它，直到占领原木和树枝。此处描述的内容，伴随着各种嘈杂的声音——或激动，或兴奋，赋予了这份过于严肃和需要付出大量精力与耐心的工作愉快和狂欢的兴致。

但是，随着时间的流逝，这些“小海盗”慢慢停止了海盗行径，它们将过剩的精力用在自己比较胜任的事情上。可以看到它们像成年海狸一样耐心地拖曳着一小堆重物。海狸之间的打闹和争斗通常是猛烈的，但是无害的。它们中间总会有一个自以为是的家伙，终有一天它将逃脱不了被一群同伴伏击。如果这种情况发生在岸上，那么，它将很难摆脱一群海狸的追击，很快它就会因自己的傲慢而后悔。每当招架不住时，它就冲向水边，全然不顾地跳入水中，可能是头朝前，背朝前，侧身朝前，反正像块石头一样沉入水底，消失不见。这种事件很快就被遗忘——这些小家伙不会把任何事情放在心上，而这个威信扫地的家伙也不会再次受到惊扰。

一天中的大部分时间池塘上都是一片宁静。到了日落前一个小时，黑色的脑袋一个接着一个从水里冒出，尖叫声从四面响起。很快，平静的水面和小屋附近空旷的湖岸变得生机勃勃，就像下午四点一座古老的红砖墙学校里学生放学时的景象。似乎很难辨别出某只海狸，更别说所有海狸，它们长得实在太像了。但是，还是可以做到。海狸未满两个月时，通常会在离家很近的地方活动，要利用这段时间抓紧驯化它们。然后，伴随着它们的长大，它们在声音和动作上会表现出各自的特征，并且在身体形态上也会有细微的差别，如果仔细研究，还是可以识别出来的。

在辨认出所有海狸之前，我统计了一下，有二十多只海狸，它们就像豌豆或家蝇一样彼此相像。通常，一旦发现它们有某个突出的特点，我们会立刻给它们起名字。就这样，我们有了“幸福”和“无赖”，“威金尼”和“威金奴”，“银点”和“大粒珠”，“糖面包”和“杰丽·洛尔二号”，等等。到最后，我们已经想不出更多的好名字了。不管怎样，即使它们从不回应自己的名字，但是总在听到一个特殊的呼唤声后就会出现。这个呼唤声接近于海狸间平时沟通的信号，是一种凄凉颤抖的声音，好在它们能分辨出这个声音是谁发出来的。这个叫声听起来像是“马——乌——衣衣衣衣衣”，声调悠长起伏，重复发出几遍，一定会吸引来某只海狸，或者至少能收到回应。很快，这个叫声变成了所有海狸通用的名字，我们开始把所有海狸都叫作“马乌衣”。如果我们呼唤一只，所有海狸都会来——这可真是一个便利的发明。这个名字的便利还在于它听起来像奥杰布瓦语[1]中的“尖叫”一词，而且海狸随时随地都会沉迷于这种“尖叫”声中。

但是，海狸不受约束的性格会让它们在听到呼唤后出现一次或答复一次，第二次往往要等到几个小时后。到了晚上，它们至少出现三次，并且总是在早上离开去睡觉前检查一遍营地。它们的破坏工作从未间断。在我长时间巡逻后返回小屋时，经常会发现家中有被偷袭的痕迹，几乎总是发生一些盗窃案。它们机智地打开锅盖，拿走所有的土豆，一个不留。有一次，土豆里加了酱汁，海狸用“手”捞不出汤汁中的土豆，就想出了简单的方法——把锅掀翻。它们就是这样，不达目的绝不罢休。有时它们也会偷走柴火箱里的柴火，或是打开苹果箱偷走苹果。

它们甚至把椅子都拖到了湖里，但是因为派不上用场，就扔

1　奥杰布瓦语是阿尔冈昆语族下的一门美国原住民语言。——译者注

掉了。盘子显然被认为是价值很高的战利品。如果盘子没有被固定在地板上，那么在盘子里的米饭被吃光后，盘子也会随之消失，我们再也见不到它们。就这样，我们丢了很多盘子。只有一个盘子在三个月后被礼貌地归还，干干净净地被扔在小屋附近的岸上。有一次，陪护林员对营地进行漫长的巡视回来后，我去小屋后面取柴火，那里的柴火是我砍下来晚上取暖用的，但是柴火一根也没剩。就连新砍下的用来压制火势的小树枝也没了。这让我十分好奇，甚至没有立即发现海狸还犯下了更严重的错误。突然间，我感到四周空荡荡的，才发现当作仓库的帐篷消失了。结果，帐篷散在地上，大部分撑杆都被拿走。幸运的是，里面什么都没有。用新鲜白杨树做的、固定在地上放锯的架子也被齐根咬断，整个被盗走，此后我再也没见过这个可怜的架子。

当然，所有这些都是“女王”的杰作，是“女王”对自己的领地征收的赋税。这一切都再正常不过，况且，这都是发生在我唯一一次在非正常时间在外逗留的时候。我收到了很多信，大多是有关自然保护或我比较了解的问题。这样的信我有几袋子，我把它们按照主题分装在不同的袋子中。有一天，我想看一看其中一个袋子里的信，就把它拿回小屋，然后随意放在了角落里。我在屋外忙碌着，一时没注意它，直到我要读这些信时，才发现整个袋子连信都不见了！

海狸小屋里躁动不安，我很冷静地猜到这是战利品被转移到了那里，海狸们正在一边打架一边分赃。从熟悉的疯狂尖叫和怒吼声中我听出了小偷的身份，正是杰丽·洛尔绝望地为捍卫自己的权利而战斗着。随之而来的轩然大波几乎是恐怖的，整个场面一定非常荒谬可笑：杰丽·洛尔为保住战利品勇敢地战斗，却是徒劳，战利品是几百封信，它无法把它们都抱在怀里。也许它认为，作为一个老牌银幕明星，而且是大片明星，现在是它维护自己尊严的时刻，这些崇拜者的来信应该属于它，由它亲自回复。尽管如此，到目前为止，没人回复这批信件。这些寄信人，就算进行最大胆和疯狂的想象，也想不到他们所写的东西被整个海狸家族当作了被褥。但是，换个角度来看，他们终究还是为自然保护做出了贡献。这一点，是写信人无论如何都没有想到的。

河水开始结冰时，海狸成功地在运输线上保持了一片开阔水域，并通过这条水路拖运树枝储备食物，直到最后一刻。为此，整个家族每天连续几个小时破开冰面，这样坚持了大约一个星期，但随后水道还是被冰封住了。杰丽几乎在圣诞节来临之前都一直拜访我们凿开的冰洞，我们在这里给它投喂苹果。它每隔一段时间就把苹果拿走，回到家后便传来争吵的声音，还有满足的吧嗒嘴声和一下一下的咀嚼声。正如我怀疑的那样，寒冷的空气会导致习惯于温和气候和潮湿空气的海狸患肺部疾病。我之所以有这样的想法，是因为在寒冷的天气里，杰丽从冰洞里出现时从未发出过声音。再进一步观察发现，它出来时会屏住呼吸，取走食物后再迅速退回。现在，我在冰洞结上一层薄冰后，将苹果投到冰层下。海狸接触不到冷空气了，但因此我再也看不到“女王”，只有苹果会定期消失。

一年半以前，迅速发展的“杰丽王国”里增加了一个新成员——我们的小女儿出生了。她和杰丽相处得非常愉快，但由于杰丽习惯把它喜欢的东西据为己有，所以我们不允许女儿去危险的地方。尽管杰丽比女儿重十磅，但她们身高差不多。她们勇敢地站立着，脸对着脸，时不时说几句话。在我看来，她们的对话只有她们自己才懂。当这个黑色皮毛大玩具、长着漂亮染色牙齿[1]的友善的长毛“小熊”从手里拿走苹果时，小女孩既激动又兴奋。杰丽轻柔地拿走食物，不像对我们那般粗鲁，但也从来不像谦卑、不知疲倦、耐心的罗乌海德那样温柔。罗乌海德似乎完全忘记了自己那条和正常腿相比显得十分丑陋的瘸腿，而且它可能也忘记了我差点儿要了它的命。现在，所有这些对它来说都微不足道。它有工作要做，有自己无私挚爱的孩子，它就这样简单地幸福着。有时，当它坐着，平静、专心、神秘地看着我时，我真想知道，在这个冷漠的面具后面，在这双严肃观察的眼睛里，隐藏着怎样的想法。

罗乌海德是海狸家族不容置疑的权力者。如果它决定某一天带它的子民离开这里，那么除了监禁和死亡，地球上没有任何东西可以阻止它。因此，我需要小心对待它，不要惹怒它。它和杰丽在许多国家家喻户晓，但它们对这些荣耀置若罔闻，就那么平静地安睡。看着它们躺在那里，满足地轻轻打着呼噜，我坐在旁边陷入了沉思：

---

1 成年海狸的前齿是深橘色的。——作者注

“女王”是否还记得遥远的特米斯卡瓦塔那昏暗的小屋，那张床、桌子和炉子旁它喜欢在上面睡觉的驯鹿皮地毯，还有我每次回家时的问候。它是否经常回想起罗乌海德到来之前那段漫长的寂寞时光，想起我们像朋友一样常常睡在一起，想起它如何喜欢“帮助”我提水、敲门，还有我们如何一起写书，它突然失踪，差点儿丧命，以及阿纳哈雷奥是如何回到我们身边的……它可能只是模糊地记得所有这一切，因为现在它是高高在上的，统治着罗乌海德、阿纳哈雷奥、小朵文[1]和我们所有人的“女王”，并且对此感到万分满足。

1 朵文的意思是“朝霞”，这里是指“灰猫头鹰”女儿的名字。——作者注

愿你我在森林中相逢

没有一个人会拒绝大自然。

没有一个时代会拒绝热爱大自然的人。

"所有的故事开始于第一缕春光、第一股春水，开始于大自然中万物苏醒的那一刻。"

这是世界生态文学和大自然文学的先驱，被称为俄罗斯最伟大的歌唱大自然的诗人和哲人米哈伊尔·米哈伊洛维奇·普里什文在《丹顶鹤的故乡》一书中所说的话。我们这一套"俄罗斯当代生态文学作品集"，虽不发端于春天，却酝酿在很多个春暖花开般的日子里。

俄罗斯文学一直是西苑出版社的发力点，而人与自然的关系一直是俄罗斯文学最重要的主题之一。俄罗斯生态文学历史发展悠久，尤其是20世纪以来，涌现出很多以生态保护为创作主题的作家，人与自然的关系问题成为他们进行深入哲学思考的主题，也是他们对大自然与国家和人民命运、人类未来发展关系的深刻认识的总结。由此形成独具特色的俄罗斯生态文学流派，在世界生态文学发展中占据着重要的地位。当我们致力于为这一选题寻找"枝叶花果”时，王金玲老师也带着“俄罗斯当代生态文学”作品、携手专业的翻译团队再次找到了我们。

理所当然地，这套“俄罗斯当代生态文学作品集”迎来了属于它的春天。

很多事情就是这么“恰恰好”。每一本图书、每一套图书的诞生亦是如此。俄罗斯生态文学作品在我国的译介方兴未艾，我们衷心感谢王金玲老师及整个团队的信任、支持，以及在合作过程中处处体现的专业能力和工匠精神。我们也愿意相信，王金玲老师及整个团队对于这套“俄罗斯当代生态文学作品集”扎根于“西苑”这片土壤，同样是感到幸运和满意的。

在生态问题愈发凸显、生态议题逐渐火热、生态文明建设日益深入的今天，我们经由这个选题走到了一起，以期增强我国读者对俄罗斯自然生态资源的了解，管窥俄罗斯作家笔下的人与自然的关系，以及人的内心世界和思维特点，乃至对我国生态文学的创作给予启发和借鉴。

就像两个热爱大自然的人，在森林中相逢。

回到这套书。

“俄罗斯当代生态文学作品集”本是教育部中俄人文交流与合作项目成果，共收录了 8 部作品，来自 3 位各具魅力的俄罗斯生态文学作家。所有作品均聚焦于大自然，却又不限于一般意义上的大自然。这是一种“综合的”“泛化的”生态文学，既描述了自然资源极为丰富的俄罗斯春夏秋冬交替过程中异彩纷呈的植物和动物世界，也关注到生活在原始森林深处的人和游走在大自然边缘的人；既深情歌颂了俄罗斯大自然的壮美，也关怀到大自然的命运乃至全人类的命运；既引导读者们进一步认识大自然，也展现了大自然本身；既讨论了现代化发展与自然生态之间不可避免的摩擦，也更多地寄希望于人与自然和谐共处、亲密发展的美好未来。

被誉为“伟大的牧神”“俄罗斯语言百草”的普里什文，他笔下的大自然永远生机勃勃，充满诗意与情感，每一种生灵都有自己的鲜明个性。这些特点都淋漓尽致地体现在《勿忘草》中。《勿忘草》仅有个别片段在国内被选译过，它的每一章节都有一个独立的主题，但这些主题并非完全割裂，而是关乎到自然万物、人类精神的方方面面，而人类与自然又是共生共存的，充分展现出普里什文对人与自然关系的探讨和呼唤。正如人们常说的，如果你不知道如何赞美大自然，那就去看普里什文吧！

《“灰猫头鹰”和海狸的故事》似乎对应着阿尔谢尼耶夫“三部曲”中的《德尔苏·乌扎拉》，它们都是描述或突出了一个具体的人物形象，由这个人物的经历或体验带出宏大的森林图景，从而展现出人们对自然保护的思考和努力。略有不同的是，《德尔苏·乌扎拉》中的向导德尔苏·乌扎拉主要还是置于整个探险队的发展路线而言，而《“灰猫头鹰”和海狸的故事》的聚焦性更强，叙述本身也更近似于一部小说。无论如何，两部作品都通过立体的人物塑造展现出了这个系列独一无二的人文性和艺术性。

《贝林杰耶夫密林》乃我国首次翻译出版，它在形式上贴近于《勿忘草》和《丹顶鹤的故乡》，可称为随笔集或札记，而不同于《“灰猫头鹰”和海狸的故事》呈现的强烈的故事叙述感；在内容上近似于《丹顶鹤的故乡》，均以某一区域为对象进行全面观察和整体思考，另一本《勿忘草》则从日常万物出发，更多地渗透出作家的哲思。《贝林杰耶夫密林》和普里什文的其他作品一样，蕴含着动人的美感，他的笔触真实又细腻，温柔又不失力量，将粗犷、陌生却又神圣伟大的原始森林形象淋漓尽致地展现在读者的眼前，让人仿佛身临其境。树木的砍伐与生长，机械化（现代化）与原始森林的碰撞，都在这里得到生动体现，而在《丹顶鹤的故乡》中，经济社会的发展变革与物种环境和生态保护的矛盾更是直接摆在作家的面前。是应该支持政府的排水工作，还是应该写文章来呼吁保护珍稀物种？最终，作家选择了后者。一切理所当然又水到渠成，却更加强调了作家的观点——人与自然和谐共处就是善良和美的最高境界。

区别于普里什文清新的文人形象，几乎同时期的阿尔谢尼耶夫充满了典型的俄罗斯“硬汉”气质。阿尔谢尼耶夫既是地理学家、作家，也是一名军官。《德尔苏·乌扎拉》《乌苏里边疆区游记》和《穿越原始森林》这“三部曲”均是阿尔谢尼耶夫对自己考察经历的记录。其中，《德尔苏·乌扎拉》和《乌苏里边疆区游记》分别描述了 1902 年、1906 年和 1907 年的考察，《穿越原始森林》

记录了 1927 年的整个考察过程。《德尔苏·乌扎拉》和《乌苏里边疆区游记》均非国内首次面世，但它以往更多地被纳入阿尔谢尼耶夫的《在乌苏里的莽林中》（由这两本书整理融合而成）一书中呈现，而非以单本形式出版。“三部曲”均围绕锡霍特－阿林山脉展开，也都涉及德尔苏·乌扎拉等人物，可以说是串成一线，各有偏重、各具特色而又彼此呼应、相互补充。

《乌苏里边疆区游记》通过阿尔谢尼耶夫的实地考察记录，精心呈现了一百多年前乌苏里边疆区的独特风貌，列举了很多远东地区特有的资源：壮美苍茫的原始丛林，险峻挺拔的山峰，纵横密布的河流，丰饶的动植物，暴雨和暴风雪，生活其间的各民族的习俗、故事，以及考察队在旅途中的各种遭遇……处处可见作者对大自然的敬畏、热爱，作品还率先提出了如何保护动物、建立自然保护区的问题。《德尔苏·乌扎拉》则通过考察队的关键人物——向导德尔苏·乌扎拉，展现原始森林的样貌和“性格”，以及在原始森林里生存的原则和规律。以《德尔苏·乌扎拉》为书名而非《乌苏里边疆区考察记》（尽管有撞名之嫌），就已经渗透出这本书的人文关怀，以及阿尔谢尼耶夫对朋友德尔苏·乌扎拉的深切纪念。最令人印象深刻的莫过于作家朴实而真挚的表达，让大自然展现出浓重的“人性”一面，具备人文艺术性，难怪普里什文曾这样评价阿尔谢尼耶夫：“他笔下的大自然是反映纯洁心灵与真实物质世界完美融合的诗歌。”

《穿越原始森林》是阿尔谢尼耶夫“三部曲”中的最后一部

作品，也是篇幅最短的一部。它讲述了阿尔谢尼耶夫最后一次考察锡霍特－阿林山脉时发生的故事，记录了这个地区美丽的自然风光和特征鲜明的当地居民的生活，展现了俄罗斯远东地区幅员辽阔的精彩画卷。与前两部作品不同的是，相比于动植物，这部作品更多地关注了不可逾越的河流和未曾踏足的原始森林。有趣的是，这本书是这套作品集中唯一一本由男性译者翻译的作品，呈现出来的译文风格更能让人感受出男性译者的简练和果断，而这正好也契合《穿越原始森林》自身体现的特点（区别于《乌苏里边疆区游记》的浪漫和《德尔苏·乌扎拉》的人情），这倒值得读者们体味感受一下。

需要格外说明一下的是，《德尔苏·乌扎拉》原作为 30 章，翻译后的作品为 20 章，译者是按照突出表现德尔苏·乌扎拉这一人物形象为主的原则进行删减的，并在不影响作品整体结构的前提下，对原作中偏离主人公形象描写的章节进行了删减，如关于负面情感、容易引起读者负面情绪的故事情节，以及不符合当地人形象的细节描写，等等。《乌苏里边疆区游记》原作全书含后记共 40 章，阿尔谢尼耶夫的考察路线共分为三个部分：第一部分是从乌苏里江铁路沿线出发，直到圣奥莉加湾，完成从内陆到海边的考察；第二部分是在圣奥莉加湾周边做了短线考察后，从圣奥莉加湾出发沿海岸线考察；第三部分是从海岸线返回到内陆伊曼河，结束考察。第三部分经历的地形和叙述方式与第一部分类似，第二部分主要是海岸线周边的地形地貌特征，因此，基于整体体量考虑，这本书以考察线路的相对完整为删减原则，只选取了考察线路的第一部分进行翻译出版。

“俄罗斯当代生态文学作品集”中的单本《虎啸风生》，来自俄罗斯当代最会讲老虎故事的人——奥列格·尼古拉耶维奇·沃罗诺伊。沃罗诺伊用一个个小故事为读者们铺开了一幅森林画卷，各种各样的老虎形象及故事酣畅淋漓地展现出来。这不是一本科普书，其目的并非普及老虎尤其是俄罗斯远东地区原始森林里的东北虎，而是在描述东北虎的特征和生活习性的基础上，以文学形式展示了原始森林地区人们对东北虎的态度，对赖以生存的自然环境的保护意识，并借由人和老虎的关系，延伸到对人和自然关系的讨论。看到最后，你不觉得老虎是老虎，这位最漂亮、最强壮也最凶猛的泰加林之王，是不需要靠“语言”这种东西来表达就能彼此理解的所谓“动物”（原文有多处相关表述），它是人类的敌人、威胁，亦是人类的邻居、伙伴。老虎的身上不仅拥有人类生活在地球上引以为傲的所具有的人性（大可不必），更具备大自然赋予的最原始的灵性，而后者在森林遭受滥伐、环境遭到严重破坏的今天反而更显难得和珍贵，仅从这一点来说，都是我们务必将这本书列入生态文学系列的理由。

故事的叙述，思想的传递，都离不开作家的妙笔生花。普里什文一如既往充满诗意和情感的表达、赋予每种生灵以鲜明个性的创作艺术风格在这些作品里都得到了最自然的发挥；阿尔谢尼耶夫善于把情感与理性妥善地结合起来，笔触真实而美好，作品虽名义上为考察记录，却人文色彩浓郁，兼顾了文学的可读性；沃罗诺伊笔下大量的第一人称叙事或对话让人仿佛置身森林中猎人的小木屋里，窗外是从西伯利亚刮来的寒风，屋内壁炉的炭火不时烧出噼里啪啦的声音，而我们围坐炉边，听一个个关于老虎的故事，不时惊叹。

无论如何，在这些作家的笔下，大自然才是所有故事的绝对主角。

不同于中国人惯用的循序渐进、委婉迂回的表述，区别于东方或西方典型风格的俄式抒情 / 感叹 / 幽默可能会让一些读者一时不能适应，甚至感到哭笑不得。然而，随着阅读的适应和融入，你会慢慢甄别出其中的独特味道，好似一碗鲜红色的俄式红汤，初时不适应，慢慢地，你就会发现这里不仅有牛肉、土豆、胡萝卜、甜菜根这些多样又丰富的内容，还有月桂、香芹这些佐料的多重风味，让人了解到独具魅力的俄罗斯文化。

当然，俄式风情的畅快表达也离不开译者的得力翻译。王金玲老师及整个团队对这套书的译文质量做了整体保障，译者们尽最大可能将原作的语言风格尤其是中心精神还原出来。无论是阿尔谢尼耶夫和德尔苏·乌扎拉从暴风雪中死里逃生，还是“灰猫头鹰”竭尽全力寻找两只小海狸，无论是虎口逃生，还是密林风光，都让人轻易“失足”跌入作品营造的故事和氛围中，同喜同悲，同乐同苦。

不可否认，书里所提及的山川河流以及原始森林地区难免存有争议，关于中国人的描写，也并非总是积极乐观的。在客观、理性、正面看待历史问题的今天，我们对此有所处理，却也适当保留，因为从某种意义上来说，它宝贵地记录下了那段时期那个地区那些人的几乎已经消失的生活方式和历史。勤劳勇敢的中国人，始终是大自然的亲密朋友。

作为出版者，我们诚挚地邀请您赶赴这一场森林之约。“俄罗斯当代生态文学作品集”是一个起点。我们祈望它是春天的一记信号，亦是一场春雷，当春光乍泄、春水涌动之时，我们每个人都能感受到大自然之美，而每个人的心里，也都拥有属于自己的大自然。

愿你我在森林中相逢。

图书在版编目（CIP）数据

“灰猫头鹰”和海狸的故事 / (俄罗斯) 米哈伊尔·米哈伊洛维奇·普里什文著 ; 夏宏芳译. -- 北京 : 西苑出版社, 2022.2

ISBN 978-7-5151-0788-2

Ⅰ. ①灰… Ⅱ. ①米… ②夏… Ⅲ. ①中篇小说—俄罗斯—现代 Ⅳ. ①I512.45

中国版本图书馆CIP数据核字(2021)第251514号

“灰猫头鹰”和海狸的故事

“HUI MAOTOUYING” HE HAILI DE GUSHI

策划编辑	赵　晖
项目统筹	汪昊宇
责任编辑	汪昊宇
装帧设计	黄　尧
责任印制	陈爱华
出版发行	西苑出版社 XIYUAN PUBLISHING HOUSE
地　　址	北京市朝阳区和平街11区37号楼　邮政编码：100013
电　　话	010-88636419
印　　刷	三河市嘉科万达彩色印刷有限公司
开　　本	880mm×1230mm　1/32
字　　数	147千字
印　　张	7.25
版　　次	2022年2月第1版
印　　次	2022年2月第1次印刷
书　　号	ISBN 978-7-5151-0788-2
定　　价	49.80元